www.ingramcontent.com/pod-product-compliance
Lightning Source LLC
LaVergne TN
LVHW010825051026
849532LV00007B/2620
9789369089611

منتخب عالمی افسانے

مرتب:

قیصر سلیم

Muntakhab Aalmi Afsane *(Short Stories Anthology)*
by: Qaisar Saleem
Edition: January '2025
Publisher :
Taemeer Publications LLC (Michigan, USA / Hyderabad, India)

ISBN 978-93-6908-961-1

کتاب	:	**منتخب عالمی افسانے**
مرتب	:	**قیصر سلیم**
صنف	:	فکشن
ناشر	:	تعمیر پبلی کیشنز (حیدرآباد، انڈیا)
سالِ اشاعت	:	۲۰۲۵ء
صفحات	:	۱۱۲
سرورق ڈیزائن	:	تعمیر ویب ڈیزائن

فہرست

پیشِ لفظ

خواجہ منظر حسن منظر

افسانے کے ابتدائی مراحل پہ اگر ہم غور کریں تو یقیناً ہم اس نتیجہ پر پہنچیں گے کہ یہ دراصل قصہ کہانی کی ایک ترقی یافتہ شکل ہے۔قصہ چہار درویش اور اس قبیل کی کہانیاں افسانے کے پیش رو کے طور پر پیش کی جاسکتی ہیں اور اس ابتدائی فن کو اس قدر فروغ رہا کہ ہمارے ہاں قصہ خوانی بازار جیسے علاقے بھی پائے جاتے ہیں اور قصہ خوانی محض تفریح طبع، تفنن، وقت گزاری کے لیے استعمال ہوتی رہی۔اس فن نے ترقی کر کے معاشرے کے اچھے بُرے پہلو کو بھی اپنے اندر سمولیا۔ اور یہ افسانہ کی شکل اختیار کر گیا۔افسانہ نگاری کے پیش رو پریم چند نے ابتدائی طور پر کہانی ہی پر اکتفا کیا لیکن بعد کے ادوار میں ان کی تحریروں میں معاشرہ کا عکس نظر آنے لگا اور ان کا رجحان اصلاحِ معاشرہ کی طرف ہو گیا اور پھر افسانہ علامتی اور تجریدی شکل اختیار کرتا گیا۔اب علامتی افسانہ کتنا کامیاب ہوا اور اس میں کتنا دم خم باقی رہا ہے یہ تو مستند افسانہ نگار ہی بتا سکیں گے۔

قیصر سلیم صاحب ایک اچھے افسانہ نگار ہیں۔ان کے افسانے ''رات گزر گئی جاناں''، ''ہرن کنڈ اور دوسری کہانیاں'' کے عنوانات سے منظر عام پر آچکے ہیں۔اس کے علاوہ 'افسانہ' کے نام سے ایک سہ ماہی کی ادارت بھی کر چکے ہیں۔ان کی افسانہ نویسی کے رجحان نے انھیں دوسری

زبانوں کے افسانوں کی طرف متوجہ کیا، اس سلسلے میں ان کے تراجم ''منتخب امریکی افسانے'' اور ''منتخب عالمی افسانے'' شائع ہوئے اور اس کے بعد انگریزی میں ترجمہ کیے گئے بنگلہ دیشی افسانوں کا اُردو ترجمہ شائع ہوا۔ اور اب یہ مختلف زبانوں کے افسانوں کا ترجمہ زیرِ نظر ہے۔ ان افسانوں کا انداز ذرا مختلف نظر آتا ہے اور موضوع میں انفرادیت نظر آتی ہے۔ افسانہ ''ناگ'' میں ایک سانپ اپنے نئے ماحول سے اس قدر مانوس ہو جاتا ہے کہ اس سے باہر نکلنے کو تیار نہیں ہوتا۔ جھاڑیوں میں رہنے والا سپیرے کی ٹوکری میں رہتے رہتے اسی کو اپنا مسکن سمجھ لیتا ہے اور آزاد کرنے پر بھی واپس ٹوکری میں آجاتا ہے۔

بنگلہ دیشی افسانہ ''ایک ہی سطح پر'' بھی ایک منفرد افسانہ ہے۔ اس پہلو کی طرف شاید ہی کسی کا دھیان گیا ہو۔ باپ جب گائے کا دودھ دوہتا ہے تو ایک بچی بچھڑے کو گائے کے قریب پکڑے ہوتی ہے۔ جب تھنوں کا دودھ ختم ہوتا معلوم ہوتا ہے تو بچی ذرا دیر کے لیے بچھڑے کو گائے کے تھنوں کو منھ لگانے دیتی ہے اور تھنوں میں دودھ آجاتا ہے جسے باپ مزید دوہ لیتا ہے اور پھر بچھڑے کو گائے کے پاس چھوڑ دیتا ہے لیکن وہاں دودھ ہی نہیں ہوتا۔ کچھ دنوں بعد وہی بچی جواب شادی شدہ ہے خود اپنے بچے کو دودھ پلاتے ہوئے باپ کو . دہ دوہتے دیکھتی ہے۔ اور جب بچھڑے کو گائے کے پاس سے ہٹایا جاتا ہے تو برہمی کا اظہار کرتی ہے۔

چینی افسانہ ''پاکدامنی کا مینار'' بھی ایک انوکھا افسانہ ہے اور انسانی جبلت کا شاہکار۔ سعودی افسانہ ''تیسری کہانی'' کی انفرادیت کوؤں کی کتے سے چھیڑ چھاڑ اور کتے کی موت پر کوؤں کا اظہارِ افسوس ہے اور مترجم کا خود اپنا افسانہ ''تیسرا آدم'' جو ہمیں بہت کچھ سوچنے پر مجبور کرتا ہے۔ ایٹم بم، ہائیڈروجن بم اور گیس کے باعث ہماری دنیا کا بھی وہی حال نہ ہو۔ خدا نہ کرے۔

کہانیوں کی انفرادی خصوصیات کے باعث یہ افسانے افسانہ نویسی کا ایک نیا اندازِ تحریر ہیں۔

امریکی افسانہ

طوفان

''اب میں برداشت نہیں کر سکتی مائیک۔'' ماں کہتی ہے،''میں جا رہی ہوں۔ گھر جا رہی ہوں۔ پاپا کے پاس۔ وہاں میرے سر پر چھت ہوگی۔ پاپا مجھے بھی اور بچوں کو بھی رکھ لیں گے۔''

ماں صابن کے جھاگ میں ڈوبا ہوا کپڑا ٹب سے نکال کر میری گردن اور کان پونچھنے لگتی ہے۔ پانی گرم ہے۔ گرم قطرے گردن سے ہوتے ہوئے قمیض کے کالر تک آ جاتے ہیں۔ ماں ہونٹ بھینچتی ہے۔ ماں کی لانبی انگلیاں کپڑے کو اس طرح پکڑے ہوئی ہیں جیسے چوزے کے پنجے سرد رات میں کسی شاخ کو پکڑے ہوتے ہیں۔

''ہم مختلف لوگ ہیں۔'' پاپا کہتے ہیں،'' مجھے افسوس ہے سیل، میرے کہنے سے تمھیں تکلیف ہوتی ہے تو میں کیا کہہ سکتا ہوں۔''

''بس یہی کہو گے۔'' ماں کپڑے کو ٹب میں نچوڑتی ہے،''اب ہم ایک ساتھ نہیں رہ سکتے ہیں اس لیے بہتر یہی ہے کہ علاحدہ ہو جائیں۔ زیادہ بچے ہونے سے پہلے الگ ہو جائیں تو بہتر ہے۔''

ماں نے ہربرٹ کو تیار کر دیا ہے۔ وہ سفید لباس میں ہے۔ بستر میں لیٹا کھیل رہا ہے۔ ماں نے پاپا کا بنایا ہوا کھلونا اسے دے دیا ہے تب تک وہ مجھے کپڑے پہنا رہی ہے۔ پاپا نے دھاگے کی ریل کو دو حصوں میں کاٹ کر بیچ میں سوراخ کر کے چھوٹی سی ڈنڈی لگا دی ہے جسے میں لٹو کی

طرح نچاتا رہتا ہوں۔ یہ لٹو اس وقت ہربرٹ پکڑے ہوئے ہے۔ ہربرٹ اسے چمکتی آنکھوں سے دیکھتا ہے اور ہنستا ہے۔

''ماں، پاپا نے وہ لٹو مجھے بنا کر دیا تھا۔'' میں کہتا ہوں، ''آپ مجھے دے دیں۔''

''اپنے بے بی بھائی سے جھگڑنا چھوڑ دو۔'' ماں میرا ہاتھ ٹب کے اندر ڈالتے ہوئے کہتی ہے اور اسے رگڑنے لگتی ہے۔

''پاپا نے میرے لیے بنایا تھا۔'' میں کہتا ہوں، ''مجھے چاہیے۔ میں اپنے پاس رکھوں گا۔''

پاپا ہربرٹ کو دیکھتے ہیں جو اپنی چھوٹی چھوٹی انگلیوں سے اس لٹو کو پکڑے ہوئے ہے۔ پاپا اپنی کرسی پر بیٹھ جاتے ہیں۔ ایک ٹانگ اٹھا کر دوسری ٹانگ پر رکھتے ہیں۔ پائپ منہ میں لے کر زور سے سانس کھینچتے ہیں اور چھوٹے چھوٹے دھوئیں کے بادل کمرے میں چھوڑتے جاتے ہیں۔

''تم بچوں کو تو ساتھ نہیں لے جا رہی ہو؟ میں اکیلا کس طرح رہوں گا۔'' وہ کہتے ہیں۔

''یہ میرے ہیں۔'' ماں کہتی ہے، ''اور تینوں کو ساتھ رکھوں گی چاہے وادی کی اس کھوہ میں ہر ایک سے لڑنا کیوں نہ پڑے۔ یہ میرا خون اور گوشت ہیں۔ میں نے انھیں جنم دیا ہے......اور مجھے یاد ہے......اور میں انھیں چھوڑوں گی نہیں۔''

ماں پاپا کی طرف سختی سے دیکھتی ہے۔

''میں نے سوچا تھا کہ تم سیسل کو رہنے دو گی۔'' پاپا کہتے ہیں، ''یہ میرے لیے جلد ہی کھانا پکانے کے لائق ہو جائے گی۔ مجھے سب سے زیادہ کھانا پکانے سے چڑ ہے۔ میں زیادہ پکا نہیں سکتا۔''

''اچھا ہوگا۔'' ماں کہتی ہے۔

''اچھا نہیں ہوگا۔'' پاپا کہتے ہیں، ''میں یہاں رہ کر چاہتا ہوں کہ فارم پھلتا پھولتا رہے۔ اور اگر میں سوچنے میں احمق نہیں ہوں تو تم واپس آجاؤ گی۔''

''یہ تمھاری سوچ ہے۔'' ماں تیز لہجے میں کہتی ہے، ''میں واپس نہیں آرہی ہوں۔ میں اس کاٹھ کباڑ گھر کو کبھی دیکھنا نہیں چاہتی۔''

''یہ سب سے اچھی چھت ہے جو تمھارے لیے تیار کر سکتا تھا۔'' پاپا کہتے ہیں۔

''یہ چھت نہیں۔ یہ تم ہو مائیک۔'' ماں کہتی ہے،'' جو گھڑی میں تولہ اور گھڑی میں ماشہ ہوتے رہتے ہو۔ ایک منٹ میں ہنستے ہو اور پھر دوسرے منٹ میں آسمان سر پر اٹھا لیتے ہو۔ تمھارا مزاج تو موسم سے بھی زیادہ جلدی بدلتا ہے۔ میں نہیں جانتی کہ اگلے لمحے تم کیا کرنے لگو گے۔ جیسے نہیں جانتی کہ کل ہوا کس رخ چلے گی۔''

''ہم وہی لوگ نہیں ہیں۔'' پاپا کہتے ہیں،'' جبھی میں تم سے محبت کرتا ہوں سیل۔ تم میری طرح نہیں ہو۔ تم پہاڑ کی طرح سخت ہو۔ مجھے تمھاری ضرورت ہے سیل۔ مجھے اس دنیا میں جسے میں جانتا ہوں تمھارے سوا کسی کی ضرورت نہیں ہے۔''

''میں جا رہا ہوں۔'' ماں کہتی ہے،'' میں تنگ آ گئی ہوں۔ دو مرتبہ پہلے بھی جانے کے لیے تیار ہوئی۔ مجھے تم پر افسوس ہے اور ان بچوں پر بھی ہے جو اب بغیر باپ کے پرورش پائیں گے۔ یہ تیسری مرتبہ میں نے جانے کا ارادہ کیا ہے اور تیسری کوشش شگون ہے میرے لیے۔ اس مرتبہ میں جا رہی ہوں۔''

''میں تیار ہو گئی مام۔'' سیسل اوپر سیڑھیوں سے اترتی ہوئی کہتی ہے،'' میں آپ کے ساتھ نانا جان کے یہاں جانے کے لیے تیار ہو گئی۔''

سیسل نیلے رنگ کے کپڑوں میں ہے۔ اس کے گندمی رنگ بال دو چوٹیوں کی شکل میں کندھوں پر ہیں۔ ایک نیلے رنگ کا ربن ہر چوٹی میں لگا ہوا ہے اور ربن کے نیچے اس کے بال یوں ہی رہنے دیے گئے ہیں۔ اس کے بال جھاڑیوں کی طرح ایسے لگ رہے ہیں جیسے خرگوش کی دُم ہوں۔

پاپا اپنی گردن سیدھی کرتے ہیں۔ سیسل کو دیکھتے ہیں۔ منہ سے آہستہ آہستہ دھواں چھوڑتے ہیں۔ پاپا کا چہرہ ستمبر کے مہینے میں پیپل کے پتے کی طرح بھورا ہو گیا ہے۔ پہاڑ کے ڈھلانوں میں خچر کے ساتھ ہل چلاتے ہوئے اور وہ بھی موسم بہار کی دھوپ میں ان کے چہرے کا

رنگ ایسا ہو جاتا ہے۔

''سنو۔'' پاپا کہتے ہیں،'' مجھے اپریل کے مہینے جیسی گرج سنائی دے رہی ہے۔!''

پاپا، پائپ ہاتھ میں پکڑ لیتے ہیں۔ خاموشی سے بیٹھے ہیں۔ بات بالکل نہیں کر رہے ہیں۔ ماں، رپڑا نچوڑتی ہے۔اب وہ بھی کان لگائے سنتی ہے۔

''مجھے کچھ سنائی نہیں دے رہا۔'' ماں کہتی ہے،''تمھارا وہم ہے۔تم نے جیسا سوچا، ویسا سنائی دینے لگا۔''

''نہیں۔میں نے کچھ نہیں سوچا۔'' پاپا کہتے ہیں۔

''گرج کہاں سے آگئی مائیک۔'' ماں کہتی ہے،'' آسمان کنویں کے پانی کی طرح صاف ہے۔بالکل نیلا۔''

پاپا کرسی سے اٹھتے ہیں۔دروازے تک جاتے ہین۔گردن نکال کر اس طرح دیکھتے ہیں جیسے بچوں والی مرغی، جب اسے قریب میں چیل کے جھپٹ کر اڑا لینے کا خطرہ ہوتا ہے۔

''بارش ہمارے دائیں پہاڑ پر آ چکی ہے لیکن آسمان صاف ہے۔کہیں کہیں ایک آدھ ٹکڑا بادل کا ہے۔یہ اچھی علامت ہے۔تین دن میں بارش ہونے لگے گی۔''

''چلو بارش ابھی تین دن دور ہے۔ ہمارے لیے کوئی مشکل نہیں ہوگی۔'' ماں نے کہا،''ہمیں کل سات میل چلنا ہے۔تین گھنٹے میں پاپا کے پاس پہنچ جائیں گے۔''

''سنو، پھر گرج سنائی دی ہے۔'' پاپا کہتے ہیں،''میں نہیں سمجھتا کہ میرے کانوں نے دھوکہ دیا ہے۔میں......میں بیچ جنگل میں بھیڑیوں کے بھونکنے کی آواز سب سے پہلے سن لیتا ہوں۔ کوئی نہیں کہہ سکتا کہ میرے کانوں نے سنا ہی نہیں۔''

''میں نہیں سن رہی ہوں۔''

ماں پانی کا ٹب لے کر آہستہ آہستہ چلتی ہوئی کچن کی طرف چلی جاتی ہے۔

''تھوڑی دیر میں سن لوگی۔'' پاپا کہتے ہیں،'' آواز ایسی آ رہی ہے جیسے آلو بھرے ویگن

دور آسمان پر لڑھک گئے ہوں۔''

''تیسری دفعہ ارادہ کیا ہے۔ یہ تو میرے لیے شگون ہے۔'' ماں کچن سے خالی ہاتھ واپس آ کر کہتی ہے،'' مجھے یاد ہے کہ تیسری مرتبہ میرا کام بن جاتا ہے۔ ایک مرتبہ میں نے مرغی کو کبوتر کے انڈوں پر بٹھایا تھا۔ کالا سانپ رینگتا ہوا آیا اور سارے انڈے نگل گیا۔ اتنے انڈے ٹھونسے کہ واپس رینگتے ہوئے نیچے گر پڑا۔ میں نے دیکھا کہ منہ سے نیچے جگہ جگہ سے ایسے پھولا ہوا تھا جیسے برف کے گولے ہوں۔ میں نے کھرپے سے اس کا سر ہی کچل دیا۔ پھر میں نے بطخ کے انڈوں پر بٹھایا تو بچے تو سب نکال لیے لیکن اس مرغی نے ایک ایک کی گردن اس طرح چونچ سے کاٹ ڈالی جیسے قینچی سے کاٹی گئی ہو۔ تیسری مرتبہ مرغی کے انڈوں پر بٹھایا تو بچے بھی سارے نکل آئے اور بڑے بھی ہو گئے۔ اسی لیے کہتی ہوں تیسری مرتبہ ہمارے لیے شگون ہے۔''

''دیکھو مارٹینیز چڑیاں جلدی جلدی اپنے بکسوں میں جا رہی ہیں۔'' پاپا کہتے ہیں،'' ادھر دیکھو سیل، یہ طوفان آنے کی علامت ہے۔''

مارٹن چڑیاں دائرے کی شکل میں ہمارے باغیچے کی تازہ جوتی ہوئی زمین کے اوپر اڑتی رہتی ہیں۔ اپریل کی روشن اور صاف ہوا میں اپنے پنکھے جیسے کالے پروں سے پھڑ پھڑاتی رہتی ہیں۔ اڑتی ہوئی چہچہاتی ہوئی بکسوں کے اوپر ایک دو چکر لگاتی ہیں اور پھر دو بڑے بکسوں میں بنائے گئے باہر دروازوں کے سامنے نکلے ہوئے چھوٹے چھوٹے پلیٹ فارموں پر بیٹھ جاتی ہیں۔

ماں ان بکسوں کو دیکھتی ہے جو باغیچے کے ایک گوشے میں کھمبے کے ساتھ لٹکے ہوئے ہیں۔ ماں چڑیوں کو بکسوں کے اندر جلدی جلدی جاتے ہوئے دیکھتی ہے۔ ان کی چہچہاہٹ اور آپس کی لڑائی، ایک بکس سے دوسرے بکس میں جانے کے لیے خود سب کچھ سنتی ہے۔

''سنو سیل، سنو۔''

''یہ تو گرج ہے مائیک، میں سن رہی ہوں۔''

''کیا ہم جائیں گے مام۔'' سیسل پوچھتی ہے۔

''ہاں۔ہم طوفان آنے سے پہلے چلے جائیں گے۔''

''مگر یہ تو تیزی سے آ رہا ہے سیل۔ ورنہ یہ مارٹیلیاں اس طرح گھونسلوں میں جانے کی جلدی نہیں کرتیں۔کیا تم بچوں کو طوفان میں لے جاؤ گی؟تم سے زیادہ تو یہ چڑیاں ہوش والی ہیں۔''

مجھے پتہ ہے ماں چڑیوں کو دیکھ کر کیا سوچ رہی ہے۔انھیں وہ دن یاد آ رہا ہے جب پاپا کھلیان میں بکس بنا رہے تھے۔ ماں نے تختہ پکڑا ہوا تھا اور پاپا آری چلا رہے تھے۔ ماں کو یہ بھی یاد آ رہا ہے جب پاپا لمبے لمبے درخت کاٹ کر لائے تھے اور چھیل کر، تراش کر مکان کے اوپر چٹان کے اندر پھنساتے گئے تھے۔ ماں نے بکسوں کو پکڑ رکھا تھا جب پاپا انھیں کیل سے ٹھونک کر کھمبوں کے ساتھ لگا رہے تھے۔

ماں دروازے سے اندر آ جاتی ہے۔ پاپا سے بات نہیں کرتی ہے۔ کمرے کے کونے میں رکھے ہوئے ٹیبل کے پاس جاتی ہے۔ دراز باہر نکالتی ہے۔اس میں سے کپڑے نکالتی ہے۔ کپڑوں کو تہہ کر کے کرسی پر رکھتی جاتی ہے۔

مجھے معلوم ہے ماں کیا سوچ رہی ہے۔انھیں یاد آ رہا ہے کہ پاپا نے ہی یہ کرسی بنائی تھی۔ اس وقت بھی ماں نے تختے جوڑنے میں پاپا کی مدد کی تھی۔

پاپا پیچھے والی جیب سے تمباکو نکال کر پائپ بھرتے ہیں۔ وہ شہادت کی انگلی ہلا ہلا کر تمباکو کو پائپ کے کٹورے میں دباتے جاتے ہیں۔ ماچس نکالتے ہیں اور ٹانگ کے پاس اوور آل پر رگڑ کر پائپ سلگاتے ہیں۔ میں نے انھیں پہلے اتنی جلدی جلدی پائپ پیتے نہیں دیکھا ہے اور اتنا بھر بھر کر دھواں منہ سے نکالتے بھی نہیں دیکھا ہے۔

''دھوپ آسمان سے چلی گئی سیل۔'' پاپا کہتے ہیں، ''دیکھو۔ہوا کیسی بند ہے۔اور دور سے کالے بادل کس تیزی سے آ رہے ہیں۔ شکاری کتے جس طرح لومڑی پر دوڑتے ہیں ان سے بھی زیادہ تیزی سے۔''

ماں نہیں سنتی ہے۔ کپڑے اٹھا لیتی ہے۔ خالی دراز کو بند کر دیتی ہے۔اوپر والے دراز کو

ماں نہیں کھولتی ہے۔اس میں پاپا کے کپڑے ہوتے ہیں۔

''شان،ٹوکری لاؤ۔'' ماں مجھ سے کہتی ہے۔

میں سلائی کی مشین سے اوپر رکھی ہوئی بید کی بنی ہوئی بڑی ٹوکری لے کر آتا ہوں۔اس میں ماں انڈے رکھتی ہے۔میں جب انڈے اکٹھا کرتا ہوں تو اسی میں رکھتا ہوں۔

''پاپا انڈے کہاں رکھیں گے مام؟'' میں پوچھتا ہوں۔

''ارے چھوڑو۔'' ماں کہتی ہے۔''شان،ہم انڈے رکھنے کے لیے کوئی جگہ تمھارے پاپا کو بتا دیں گے۔''

ماں دھلے اور استری کیے ہوئے کپڑوں کو تہ کر کے ٹوکری میں رکھتی ہے۔میں دیکھتا ہوں کہ وہ ٹوکری کو دیکھ رہی ہے۔مجھے یاد ہے کہ ماں نے مجھے بتایا تھا کہ ٹوکری بنانے میں پاپا کو کتنا وقت لگا تھا۔سیسل جب بچی تھی۔ہر سنیچر کو پاپا اور ماں انڈوں سے بھر کر یہ ٹوکری شہر لے جاتے اور انھیں بیچ کر نمک،شکر،کافی،دھاگے،کچھ خشک سامان اور دوسری ضرورت کی چیزیں لے کر آتے۔

''بارش کی آواز سنو سیسل۔'' پاپا کہتے ہیں،''باہر تختوں پر برس رہی ہے۔''

بارش ہوا کے تیز جھونکے کے ساتھ باغیچے کو نہلا رہی ہے۔ہم اب مشکل سے چڑیوں کی چہچہاہٹ سن سکتے ہیں۔ماں نے ہمارے کپڑے بڑی ٹوکری میں رکھ دیے ہیں۔ہربرٹ کے کپڑے انھوں نے اوپر رکھے ہیں۔ہربرٹ سو گیا ہے۔ماں دروازے تک جاتی ہے۔باہر الگنی کو دیکھتی ہے جو پاپا نے کپڑے سکھانے کے لیے آہنی تاروں سے بنا کر یہاں سے وہاں تک باندھ دی ہے۔تاروں کو اتنی صفائی سے جوڑا ہے کہ ماں جو کپڑے سکھانے کے لیے لٹکاتی ہے ان میں کھونچ نہیں آتا۔ماں الگنی پر دوڑتے ہوئے پانی کے قطروں کو اور ان قطروں کو بھی دیکھتی ہے جو نیچے گھاس پر تسلسل کے ساتھ گرتے جا رہے ہیں۔الگنی ایک طرف آلوچے کے درخت کے ساتھ اور دوسری طرف سفید اوک کے تنے کے ساتھ بندھی ہے۔

بارش کا پانی پرنالے سے تیزی سے نیچے ڈرم میں گر رہا ہے جو ماں نے چھت کے نیچے

کونے میں رکھا ہوا ہے۔

''مام، آپ میرے بال اب بارش کے پانی سے نہیں دھوتی ہیں۔'' سیسل کہتی ہے، ''کیا میرے گھونگھریالے بال اس پانی سے خراب ہو جائیں گے؟''

''مجھے نہیں معلوم۔'' ماں کہتی ہے۔

ماں دروازے سے باہر آکر پہاڑی چٹانوں کو دیکھتی ہے۔ میں جانتا ہوں وہ کیا یاد کر رہی ہے۔ وہ اندھیرے میں لالٹین پکڑے پاپا کو راستہ دکھا رہی تھی جب وہ بھیڑ کے میمنوں کو چٹانوں سے گھر میں گرم رکھنے کے لیے اندر لا رہے تھے۔

ماں ان چٹانوں کے اندر سرخ پھولوں کو دیکھ رہی ہے۔ انھیں یاد آرہا ہے کہ جب پاپا یہ پھول میرے لیے لائے تھے تب ماں نے کہا تھا، ''ہاں مائیک۔ اسے جنگلی پھول پسند ہیں۔''

ماں کچن کے اندر جاتی ہے۔ میں پیچھے پیچھے جاتا ہوں اور پوچھتا ہوں، ''کیا ہم نانا جان کے یہاں نہیں جا رہے ہیں؟''

''بارش کتنی تیز ہو رہی ہے۔'' ماں کہتی ہے، ''ہم نہیں جا رہے ہیں۔''

''اگر ہم گئے مام تو پاپا کے لیے کھانا کون پکائے گا؟''

ماں جواب نہیں دیتی ہے۔ لکڑی کے اس بکس کو دیکھتی ہے جسے پاپا نے بیج اور مسالے وغیرہ رکھنے کے لیے ماں کو بنا کر دیا ہے۔ انھوں نے اسے کچن کی کھڑکی میں فٹ کر دیا ہے تاکہ دھوپ لگتی رہے۔

''میں نے اپنی چھوٹی ٹوکری میں گڑیا کے کپڑے رکھ لیے ہیں۔'' سیسل آکر کہتی ہے، ''میں تیار ہو گئی ہوں مام۔ میں گڑیا کو کیسے چھوڑ سکتی ہوں۔ اس کے ساتھ پھر یہاں کون کھیلے گا۔ آپ کو تو پتا ہے کہ پاپا اس کے ساتھ نہیں کھیلیں گے۔ پپا کے پاس اتنا وقت کہاں ہوتا ہے۔ پاپا تو خچروں اور کتے بلیوں کے ساتھ کھیلتے ہیں۔ یہی سب ان کی گڑیا ہیں۔''

''ہاں۔'' ماں کہتی ہے، ''تمھارے پا......''

بادل نیچے آ گئے ہیں۔ موسلا دھار بارش ہو رہی ہے۔ اوک درخت کے نازک پتے، صحن کی گھاس، پھول اور آلو چے کے پیڑ جی بھر کر پانی پی رہے ہیں۔ ماں نے جس طرح میرا چہرہ، ہاتھ، گردن اور کان دھو کر صاف کر دیا ہے یہ سب بھی دھل کر صاف شفاف ہو گئے ہیں۔

''اللہ میاں نے پانی کی بالٹی الٹ دی ہے، اسی لیے ہم لوگ نانا جان کے یہاں نہیں جا رہے۔ ہے نا مام؟'' میں کہتا ہوں۔

اتنی بارش پہلے کبھی نہیں ہوئی۔ اتنی تیز۔ ہے اور اتنا اندھیرا ہے کہ ہم چٹان کو نہیں دیکھ سکتے۔ ہمیں الگنی نظر نہیں آ رہی ہے۔ چڑیوں کے بکسوں کے ساتھ بندھا کھمبا بھی نظر نہیں آ رہا ہے۔

''یہ طوفان ہے سیل۔ سائیکلون۔'' پاپا کچن میں آ کر کہتے ہیں،'' تھوڑی دیر پہلے میں نے کہا تھا کہ مارٹیباں جس طرح اپنے بکسوں میں گھس رہی ہیں ضرور کوئی طوفان آنے والا ہے، دیکھو، چڑیوں کو بھی کتنی سمجھ ہے۔''

''ہاں مائیک، دیکھ رہی ہوں۔''

''تم اگر منے ہربرٹ کو لے کر لمبی سڑک پر نکل پڑتیں...... تو راستے میں نہ کوئی سایہ دار درخت ہے اور نہ کہیں نکلی ہوئی چٹان کہ جہاں پناہ لے سکتیں۔''

''سڑک کی بات مت کرو۔'' ماں کہتی ہے۔

''میرا لٹو کہاں ہے پاپا؟'' میں پوچھتا ہوں۔

''ہربرٹ ہاتھ میں لے کر سو گیا ہے۔'' پاپا جواب دیتے ہیں۔

''ہم نانا جان کے یہاں جائیں گے تب میں اسے ساتھ لے جاؤں گا۔ پاپا نے میرے لیے بنایا ہے۔''

پانی کا جھونکا اندر آ جاتا ہے۔

''ہوا میں ٹھنڈک بھی ہے۔'' پاپا کہتے ہیں،'' کوٹ کی ضرورت ہے۔''

کھڑکی کے شیشے صاف ہو گئے ہیں۔ ماں سامنے پڑی بینچ کو دیکھ رہی ہے جسے پاپا نے

بنایا تھا۔ دونوں اس بینچ پر بیٹھ کر آلو چھیلتے تھے، بھٹا بھنتے تھے۔ گرمیوں کی شام میں دیر تک بیٹھے رہتے۔ چڑیاں گاتی رہتیں یہاں تک کہ رات ہو جاتی تو جھینگر بھی بولنے لگتے۔ پاپا اور ماں دونوں پائپ پیتے اور ہم ان کے سامنے ہی اِدھر اُدھر کھیلتے رہتے۔ جگنو اپنی اپنی روشنیاں لیے نیچے پودوں اور جھاڑیوں میں لہراتے۔

''دھوپ نکل آئی ہے مام۔'' میں نے کہا،''اب تو ہم جا سکتے ہیں''

پاپا اپریل کے آسمان پر پہاڑ کے اوپر سورج کی سرخ گیند کو لٹکا ہوا دیکھتے ہیں جو نیلے آسمان میں چمک رہا ہے۔ ایک سایہ پاپا کے بھورے اور موسموں کی چوٹ کھائے چہرے پر پڑتا ہے۔

''تیسری دفعہ۔'' ماں کہتی ہے،''میں جانے کے لیے تیار ہوئی۔ ہر مرتبہ کچھ نہ کچھ ہو جاتا ہے۔ جاؤ میں نہیں جاتی۔''

''کیا ہم نانا جان کے یہاں نہیں جا رہے ہیں مام؟'' سیسل پوچھتی ہے۔

''نہیں، ہم نہیں جا رہے ہیں۔''

''میں گڑیا کے کپڑوں والی نوکری کا کیا کروں گی۔''

''واپس رکھ دو جہاں سے لایا ہے۔''

پاپا اپنے پائپ کو جیب میں رکھ لیتے ہیں۔ اب ان کے چہرے پر کوئی سایہ نہیں ہے۔ پاپا خوش نظر آتے ہیں۔ ان کے چہرے پر مسکراہٹ ہے۔

''آؤ سیل، دیکھتے ہیں شکر قندی پھوٹی یا نہیں۔'' پاپا کہتے ہیں۔

ماں اور پاپا کچن سے نکل جاتے ہیں۔ دونوں شکر قندی کی کیاریوں تک پہنچتے ہیں۔ پاپا نے اپنا بازو ماں کے گرد کر لیا ہے۔ دونوں دھلی دھلائی گھاس پر چل رہے ہیں۔ اتنی سبز اور خوب صورت گھاس جیسے اللہ میاں نے ابھی ابھی بنا کر دی ہے۔

''میرا خیال ہے شکر قندی میں کونپلیں نکل آئی ہیں۔'' میں پاپا کو کہتے ہوئے سنتا ہوں۔

سیسل، گڑیا اور گڑیا کے کپڑوں کو ٹوکری میں لے کر سیڑھیاں چڑھتی ہوئی اوپر جاتی ہے۔

میں کمرے میں جا کر دیکھتا ہوں کہ میرا لٹو اس کے ہاتھ میں ہے یا نہیں۔ ہے میرا لٹو۔ پاپا نے اسے میرے لیے بنایا ہے۔

(*The Storm* by *Jesse stuart*)

انڈین افسانہ

ناگ

لڑکے نے گول پٹاری کا ڈھکن اٹھایا اور اندر کنڈلی مارے سانپ کو دیکھتے ہوئے بولا، ”ناگا میں چاہتا ہوں کہ تو مر جائے تاکہ میں تیری کھال کو بٹوہ بنانے والے کے پاس بیچ دوں۔ اس طرح تو کم از کم تو کام آسے گا!“

اس نے انگلی سے اسے چھیڑا۔ ناگ نے سر اوپر کیا اور اِدھر اُدھر کاہلی سے دیکھا۔

”تو تو اتنا ست ہو گیا ہے کہ پھن بھی نہیں کھول سکتا۔ تو ناگ نہیں ہے، تو تو کیچوا ہے۔ میں ایک سپیرا ہوں اور تجھے دکھا دکھا کر میری روزی روٹی چلتی ہے۔ کوئی اچنبھے کی بات نہیں ہے کہ میں اکثر اندھا بن کر بس اسٹاپ پر بھیک مانگتا ہوں۔ مصیبت یہ ہے کہ کوئی تجھے دیکھنا نہیں چاہتا، کسی کو تیرا احترام نہیں ہے اور نہ کوئی تجھ سے ڈرتا ہے اور جانتا ہے اس کا کیا مطلب ہے۔ میں بھوکا رہتا ہوں۔ بس۔“

جب کبھی لڑکا گلی کے کسی دروازے پر جاتا، مکان والے اسے ہش ہش کر کے بھگا دیتے۔ اس نے اپنے باپ کو ان ہی حالات میں کام کرتے دیکھا تھا۔ اس کا باپ حوصلہ شکنی کی پرواہ کیے بغیر مکان کے زینوں پر چڑھ جاتا اور پٹاری لے کر بیٹھ جاتا۔ کوئی کچھ بھی کہے وہ تھیلے سے بین نکالتا اور بجانے لگتا، یہاں تک کہ سیٹی جیسی آواز نکلتی، اور لوگ اس کی پیش بیانی سننے لگتے۔

”میرے سپنے میں بھگوان شیو آئے اور بولے، جاؤ اور اپنا ہاتھ میرے مندر کے فرش کی

درز میں ڈالو۔اور آپ سب جانتے ہیں کہ شیوا ناگوں کا دیوتا ہے جن سے وہ بالوں کی لٹ باندھے رکھتا ہے اور اس کا پھن اس کے سر پر سایہ کیے رہتا ہے اور بھگوان وشنو سب سے طاقت ور سانپ ادی شیشا کی کنڈلی میں براجمان رہتا ہے اور جو اپنے ہزاروں سروں کے اوپر اس سنسار کو تھامے رہتا ہے۔دیوی پاروتی کے بازوؤں پر دھیان کرو۔پھر وہی چھوٹے چھوٹے سندر سانپ۔ہم کیسے سوچ سکتے ہیں کہ ہم اپنے دیوتاؤں سے زیادہ عقل مند ہیں۔سانپ دیوتا کے زیوروں کا ایک حصہ ہے اور معمولی مخلوق نہیں ہے۔میں شیو کا حکم مانتا ہوں۔آدھی رات کو باہر نکلتا ہوں اور سانپ کے بل میں اپنا بازو ڈال دیتا ہوں۔''

اس موقع پر دیکھنے والے کانپ اٹھتے اور کوئی پوچھنے لگتا ہے،''تمھیں کاٹا ہے؟''

''بے شک مجھے کاٹا ہے۔پھر بھی تم مجھے یہاں دیکھ رہے ہو کیونکہ اس دیوتا نے حکم دیا:''پرانے قلعے کی دیوار پر اُگنے والی بوٹی کو تلاش کرو۔مجھے کوئی مٹھی بھر سونے کا سکہ دے تو تب بھی میں اس کا نام نہیں بتاؤں گا۔''

''تم اس بوٹی کا کیا کرتے ہو؟''

''میں اسے چباتا ہوں پھر کوئی زہر مجھ پر اثر نہیں کر سکتا ہے۔آخر سانپ ہے کیا؟ایک بڑی روح توبہ کی حالت میں،واپس آسمانی دنیا میں جانے کے انتظار میں۔بس جناب۔''

اس تقریر کے بعد اس کا باپ پٹاری کا ڈھکن ہٹا دیتا ہے اور بین بجانے لگتا ہے۔سانپ اسپرنگ کی طرح اوپر اٹھتا۔اِدھر اُدھر دیکھتا اور سر ہلاتا۔لوگ ڈر جاتے،پیچھے ہٹنے لگتے،ساتھ ہی فریفتہ بھی ہوتے۔تماشہ دکھانے کے بعد لوگ سکے اور چاول دیتے اور کبھی پرانی قمیض بھی دے دیتے۔پھر وہ سمیٹ کر دوسری گلی یا دوسرے بازار میں یہی تماشہ دکھانے چلا جاتا اور جب کافی پیسے اور اجناس جمع ہو جاتے تب وہ واپس پارک کی دیوار کے ساتھ املی کے پیڑ کے سائے میں اپنی جھونپڑی میں آ جاتا۔چاول پکاتا،دونوں باپ بیٹا کھاتے اور جھونپڑی کے باہر ستاروں تلے سو جاتے۔

لڑکے نے جب سے چلنا شروع کیا تھا باپ کے پیچھے پیچھے چلتا رہا اور جب دس سال کا ہوا تب اس کے باپ نے اسے خود ہی ناگ سے نمٹنے دیا اور اپنے اسٹائل سے تماش بینوں کے سامنے آواز لگانے اور تقریر کرنے کو کہا۔ اس کا باپ اکثر کہا کرتا، ''ہمیں ہفتے میں ناگ کو دوانڈے ہر صورت میں دینے ہوں گے۔ وہ جیسے جیسے بوڑھا ہوتا جائے گا اس کا قد چھوٹا ہوتا چلا جائے گا۔ کسی دن اس کے پَر نکل آئیں گے اور وہ اُڑتا جائے گا اور جانتے ہو وہ اس وقت اپنا زہر ایک چمک دار موتی کی شکل میں تھوک دے گا اور اگر تم نے اسے پالیا تو تم بادشاہ بن جاؤ گے۔''

ایک دن لڑکا جب جھونپڑی کے باہر سستا رہا تھا اس نے دیکھا کہ ایک چھوٹا بندر املی کے درخت کی شاخوں میں اچھل کود کر رہا ہے۔ وہ اسے منہ کھولے حیرت سے دیکھتا رہا۔ اس نے یہ بھی نہیں دیکھا کہ اس کا باپ آچکا ہے۔

''لڑکے، کیا دیکھ رہا ہے؟ ادھر آؤ۔ یہ کھاؤ۔'' باپ نے اسے مٹھائیوں کا ایک پیکٹ دیتے ہوئے کہا، ''بڑے گگر والوں نے مجھے دیا ہے جہاں کوئی تہوار منایا جا رہا ہے۔ آج ناگا نے بین کی آواز پر خوب ناچ دکھایا۔ وہ اب ہماری تقریر سمجھتا ہے۔ ناچ کے بعد یہ چھ فٹ اپنی دم پر کھڑا رہا، پھن کو پھیلایا، پھنکارا اور سارا مجمع بھاگنے لگا۔ انھیں خوب مزا آیا۔ پیسے بھی دیے اور مٹھائیاں بھی۔ باپ پٹاری کا ڈھکن اٹھاتے وقت خوش تھا۔ ناگ نے سر اوپر کیا۔ اس کے باپ نے اسے گردن سے پکڑ لیا اور مٹھائی کا ایک ٹکڑا زبردستی اس نے جبڑے میں ٹھونس دیا، ''یہ اب ہمارے کنبے کا ہے۔ اسے سیکھنا ہوگا کہ جو ہم کھاتے ہیں اسے کھانا ہوگا۔''

ناگ نے بمشکل مٹھائی کو حلق سے اتارا اور واپس کنڈلی مار کر بیٹھ گیا۔ باپ نے ڈھکن اچھی طرح بند کر دیا۔

لڑکے نے مٹھائی چبا چبا کر کھائی مگر آنکھیں اب تک بندر پر جمی ہوئی تھیں۔ ''پتا جی میں اگر بندر ہوتا تو پھر کبھی پیڑ سے نیچے نہیں آتا۔ دیکھو کس طرح املی کتر رہا ہے۔ اے بندر، مجھے بھی دو املی۔'' وہ چلایا۔

باپ محظوظ ہوا اور بولا، ''اس طرح دوستی نہیں ہوگی۔ اس کو کچھ کھانے کو دینا ہوگا نہ کہ تم اس سے کھانے کو مانگو۔''

لڑکے نے مٹھائی منہ سے باہر نکالی، قمیض سے اسے صاف کیا اور ہاتھ میں لے کر چلایا، ''آؤ بندر، لو اسے۔''

اس کے باپ نے کہا، ''تو اسے اگر بندر کہے گا تو وہ کبھی تجھے پسند نہیں کرے گا۔ کوئی اچھا سا نام دو۔''

''کیا کہہ کر پکاروں؟''

''راما۔ ہنومان کے مالک کا نام۔ دیوتا بندر۔ بندر اس نام کی عزت کرتے ہیں۔''

لڑکے نے فوراً پکارا، ''راما۔ یہ لو۔'' اس نے بازوؤں کو لہرایا۔ بندر اپنی مسخری حرکتوں کو روک کر اس کی طرف متوجہ ہوا۔ لڑکا درخت کے تنے کو بازوؤں میں لیتا ہوا اوپر چڑھ گیا اور مٹھائی کو احتیاط سے اس نے ایک دوشاخے کی درمیانی چپٹی جگہ پر رکھ دیا۔ بندر نے آنکھیں گول کر کے حیرت سے اسے دیکھا۔ لڑکا سرکتا ہوا نیچے اتر آیا اور اشتیاق سے انتظار کرنے لگا کہ بندر آ کر اس کے تحفے کو لے اڑے۔ یہ انتظار کرتا رہا تھا اور بندر ابھی کشمکش و پیچ میں تھا کہ کہیں سے ایک کوا آیا اور مٹھائی کو لے اُڑا۔ لڑکا بُرا بھلا کہتا ہوا چیخ کر رہ گیا۔

اس کا باپ چلایا، ''اے کیا ہوا؟ کہاں سے تم نے بُرا لفظ سیکھا ہے؟ کوئی بندر تمھاری عزت نہیں کرے گا اگر تم نے بُرے لفظ منہ سے نکالے۔ بالآخر جب بندر دوسرا مٹھائی کا ٹکڑا دیکھ کر لالچ میں آ کر نیچے آیا تو اس کے باپ نے ایک ہاتھ سے اسے پکڑ لیا اور دوسرے ہاتھ سے اس کی گردن دبوچی تا کہ وہ کاٹ نہ کھائے۔

پندرہ دن کے فاقے، ڈانٹ ڈپٹ، منت سماجت اور بندر کی آنکھوں کے سامنے پھل لٹکا کر جلانے نے اسے سکھا دیا کہ اسے کیا کرنا ہے۔ سب سے پہلے اسے کاٹنے اور نوچنے کی عادت چھوڑنی پڑی۔ اس کے بعد اسے احساس ہو گیا کہ اس کی زندگی میں اب یہی کام رہ گیا ہے کہ وہ

تماشا دکھا کر اپنے مالک کو خوش رکھے۔ وہ مالک کے حکم پر دکھا سکتا تھا کہ کس طرح ہنومان، رامائن کے دیوتا بندر نے اپنی دم میں آگ لگا کر اوپر نیچے ہوتے ہوئے راون کی راجدھانی میں آگ لگا دی تھی۔ کس طرح دیہات کی بہو پانی کی گاگر سر پر رکھے گھر کو آتی ہے، کس طرح دولہا اپنی پیاری دلہن سے خطاب کرتا ہے (بڑبڑاتا ہے، آنکھیں مٹکاتا ہے، بھنویں اوپر کرتا ہے) اور آخری تماشا جو اس کی فطرت کے مطابق تھا، بانس پر چڑھ کر کرتب دکھانا۔ راما کو جب عوام کے سامنے تماشا دکھانے کے لیے تیار کیا جاتا تو اس کا مالک اسے سڑک کنارے دوست درزی کے پاس لے جاتا، اس کے ناپ کی صدری سلواتا، اس طرح کہ دم باہر نکلی رہے اور سر پر احمقوں جیسی ٹوپی جو اس کی ننھی سی ٹھوڑی سے ڈوری کے ذریعے بندھی ہوتی۔

....

راما مقبول ہو گیا۔ اسکول کے بچے اسے دیکھتے ہی خوشی سے چلّا اٹھتے۔ گھروں والے اشارے سے اسے اندر بلا لیتے تاکہ روتا ہوا بچہ چپ ہو جائے۔ وہ نہایت مہارت سے تماشا دکھاتا رہا۔ مالک کے لیے پیسے اور اپنے لیے مونگ پھلیاں کماتا رہا۔ بچوں کے اترن اسے دیے جاتے رہے۔ باپ بیٹا روزانہ صبح صبح نکل جاتے۔ بندر لڑکے کے کندھے پر ہوتا اور ناگ کی پٹاری باپ کے پاس جو آگے آگے کچھ فاصلے پر چلتا کیونکہ بندر ناگ کی ہس ہس کی آواز سے خوفزدہ ہو کر چیں چیں کرنے لگتا تھا۔ دونوں الگ الگ مقام پر مجمع لگاتے۔ لڑکا جب بندر کی ڈگڈگی بجا رہا ہوتا تب اسے باپ کے بین بجانے کی آواز بھی آتی رہتی۔ دیہات کے ہفتہ واری ہاٹ بازار میں دونوں اتنا کما لیتے کہ دن ختم ہونے پر واپس بس پر آتے۔ بعض اوقات کوئی کمزور دل مسافر پوچھ بیٹھتا، ''اگر ناگ باہر نکل آیا تو؟''

''کوئی خطرہ نہیں، ڈھکن کو رسّی سے باندھا ہوا ہے۔''

مسافروں میں ہمیشہ کوئی ایک ایسا بھی ہوتا جو کہتا، ''سانپ کی دم پر جب تک پاؤں نہیں رکھو گے وہ اپنے حال میں مست رہتا ہے۔''

"لیکن یہ بندر۔" دوسرا مسافر کہتا، "بھگوان جانے یہ کیا کر بیٹھے۔"

"یہ شریف اور عقل مند ہے۔" باپ کہتا اور کنڈکٹر کی طرف داری حاصل کرنے کے لیے اسے کچھ پیسے دے دیتا۔

دونوں نے خوب سفر کیا۔ تمام میلوں ٹھیلوں میں تماشا دکھایا اور کافی پیسے کمائے کہ کبھی کبھی ہوٹل میں بیٹھ کر کھانا بھی کھا لیتے۔ لڑکے کا باپ شام کو اس سے یہ کہہ کر جدا ہو جاتا، "تو یہیں ٹھہر میرے پیٹ میں درد ہو رہا ہے۔ میں دوائی لے کر آ رہا ہوں۔" اور رات گئے دیر سے ڈگمگاتا ہوا واپس آتا۔ ان لمحات میں لڑکا سونے کا بہانہ بنائے لیٹا رہتا لیکن باپ سے ڈرا ہوتا کیونکہ وہ آتے ہی اسے ٹھوکر مارتا اور کہتا، "اٹھ کاہل سؤر۔ سویا ہوا ہے جب تیرا باپ دن بھر کام کر کے گھر لوٹتا ہے کہ تجھ سے باتیں کرے تو تو سویا ہوا ہے۔ تو میرا بیٹا نہیں ہے۔ تو حرامی ہے۔" لیکن بیٹا ٹس سے مس نہ ہوتا۔

....

ایک رات لڑکے کو واقعی نیند آ گئی۔ صبح جب جاگا تو دیکھا کہ اس کا باپ جا چکا ہے۔ بندر بھی غائب ہے۔

"دونوں ساتھ ہی گئے ہیں۔" وہ رونے لگا۔ آگے پیچھے چلتے ہوئے اسنے کئی مرتبہ پکارا، "باپو!" پھر اس نے جھونپڑی میں جھانک کر دیکھا۔ گول پٹاری کونے میں بدستور پڑی تھی۔ قریب گیا تو دیکھا کہ ڈھکن پر کچھ سکے پڑے ہیں۔ انھیں گن کر خوش ہوا کہ یہ اسی پیسوں کی ریزگاری تھی۔ "یہ سب میرے لیے ہوگی۔" اس نے اپنے آپ سے کہا۔ اسے احساس ہوا کہ جیسے بڑا ہو گیا ہے اور خود پیسوں کو استعمال کر سکتا ہے۔ وہ خود کو مالدار سمجھنے لگا اور ساتھ ہی اسے باپ کی چالاکیوں پر الجھن بھی ہوئی۔ جہاں تک یاد پڑتا ہے کبھی ایسا نہیں ہوا کہ وہ جاگا ہے اور اس کا باپ اس کے پہلو میں نہ ہو۔ اسے کبھی خیال نہیں آیا تھا کہ اس کا باپ اس طرح بغیر بتائے چلا جائے گا۔ وہ تو سڑک والے نل پر نہانے جاتا، پیٹ کے درد کے لیے دوائی لانے جاتا یا سودا خریدنے جاتا تو بتا کر

جاتا۔

لڑکے نے دیکھنے کے لیے کہ کم از کم سانپ موجود ہے، اس نے پٹاری کا ڈھکن اٹھایا۔ ڈھکن ہٹتے ہی سانپ نے جھٹ سر اوپر نکالا۔ لڑکے نے اسے دیکھا، اس نے لڑکے کو دیکھا۔ ''اب میں تمھارا مالک ہوں۔ خیال رکھنا۔'' بدلتے ہوئے حالات کو جیسے سمجھتے ہوئے سانپ اپنی دوشاخہ زبان جلدی جلدی باہر نکالنے لگا۔ اس نے پھن بھی ادھا کھول دیا۔ لڑکے نے انگلی سے اسے تھپتھپاتے ہوئے کہا، ''اندر جاؤ۔ ابھی نہیں۔'' باپ کے واپس آنے کا انتظار کیا جائے؟ اسے بھوک لگنے لگی۔ کیا وہ ان پیسوں سے ناشتہ خرید لائے اور اس کا باپ اچانک آ گیا تو؟ وہ تو تھپڑ مار دے گا۔ اس نے سانپ کے اوپر ڈھکن رکھ دیا۔ سکوں کو اسی طرح ڈال دیا جس طرح پڑے ہوئے تھے اور جھونپڑی کے داخلے پر بیٹھ کر املی کے پیڑ کو دیکھتا رہا اور بندر کے لیے آہیں بھرتا رہا جو صبح صبح کیسی مسخری حرکتیں کرتا رہتا تھا۔ اس نے کپڑے کی وہ تھیلی تلاش کی جس میں مختلف قسم کی مغزیات اور بھنی دالیں بندر کو کھلانے کے لیے رکھی جاتی تھیں۔ اس نے تھیلی کھولی اور مٹھی بھر لے کر منھ میں ڈال لی اور چبانے لگا۔ ''بڑی مزیدار ہے۔ بندر کے لیے اتنی مزیدار لیکن باپو تو......'' اس کا باپ تو جب بھی اسے بندر کا کھانا کھاتے ہوئے دیکھتا تو اس کے سر پر گھونسہ مار دیتا۔ آج وہ خود کو آزاد سمجھ کر بندر کا کھانا چباتا رہا تھا گرچہ فکر مند بھی تھا کہ کہیں باپو کو یاد آ گیا اور وہ اچانک بندر کا کھانا لینے آ پہنچا تو! اس کی نظر بین پر پڑ گئی جو بدستور اپنی جگہ پر چھپر میں اڑسی ہوئی تھی۔ اس نے اسے نکالا اور بجانے لگا۔ بجا کر اسے اطمینان ہوا کہ وہ باپ ہی کی طرح بجا سکتا ہے۔ لوگوں کو فرق کا پتہ نہیں چلے گا۔ صرف یہ ہوا کہ اسے کھانسی آ گئی اور سانس کسی قدر پھولنے لگی۔ بین کی آواز سن کر جھونپڑی کے پاس سے گزرتے ہوئے لوگ کھڑے ہو گئے۔ زیادہ تر مزدور تھے۔ مرد پھاوڑا کدال لیے اور عورتیں ٹوکری سنبھالے تھیں جنھوں نے خیال ظاہر کیا کہ جیسا باپ ویسا بیٹا۔ ہر ایک نے اس سے بات کی۔ سب اس جھونپڑیوں کی کالونی میں اسے جانتے تھے۔

''تم ابھی تک باہر کیوں نہیں گئے؟'' ایک عورت نے پوچھا۔

''میرا باپ یہاں نہیں ہے۔'' لڑکے نے اداس لہجے میں کہا، ''میں نہیں جانتا کہاں گیا۔'' وہ رو پڑا۔

اس عورت نے ٹوکری زمین پر رکھی اور پاس بیٹھ کر پوچھنے لگی، ''بھوک لگی ہے؟''

''میرے پاس پیسے ہیں۔''

عورت نے نرمی سے اس کا سر تھپتھپایا اور کہا، ''آو، بے چارا بچہ! میں تیری ماں کو جانتی ہوں۔ اچھی لڑکی تھی۔ تجھے چھوڑ کر سورگ سدھار گئی۔'' لڑکے کو ماں کی یاد نہیں تھی لیکن اس کا سن کر آنسو گالوں پر بہہ آئے۔

عورت نے یکایک پوچھا، ''اب تم کیا کرو گے؟''

''پتہ نہیں۔'' اسنے کہا، ''باپو کے آنے کا انتظار کروں گا۔''

''بے وقوف اور بدنصیب بچے، تیرا باپ چلا گیا۔''

''کہاں؟'' لڑکے نے پوچھا۔

''مجھ سے مت پوچھ۔'' عورت بولی، ''میں نے ایک آدمی سے بات کی تھی جس نے اسے جاتے دیکھا تھا۔ اس نے اسے صبح والی بس میں چڑھتے دیکھا تھا جو پہاڑوں میں جاتی ہے۔ اس کے ساتھ وہ کنجری بھی نیلی ساڑھی میں تھی۔''

''اور بندر کا کیا ہوا، واپس آئے گا؟''

اس سوال کا جواب عورت کے پاس نہیں تھا۔

اتنے میں ایک ٹھیلے والا گلی کے نکڑ پر دکھائی دیا جو سموسے بیچ رہا تھا۔ عورت نے اسے آواز دے کر بلایا۔

دو سموسے تازہ بچے کو دے دو۔ باسی مت دینا۔''

''پیسے دے دو۔'' عورت نے لڑکے سے کہا۔

لڑکا دوڑ کر اندر سے پیسے لے آیا۔ عورت نے ٹھیلے والے سے منت کی، ''تھوڑا اور دے

دو۔"

"تھوڑا کیا؟"

"پکوڑے۔ بدنصیب بچہ ہے۔"

"دوسرے بھی ہیں۔ میں کیا کر سکتا ہوں؟ تم اپنے جھمکے کیوں نہیں بیچ دیتی ہو؟ بڑا خیال ہے مدد کرنے کا۔ میں تم جیسوں کی باتیں سنوں تو میرا دیوالیہ ہو جائے گا۔"

اس نے پیسے لیے اور آگے بڑھ گیا۔ لڑکا سموسوں کو اس پر پھیلائی ہوئی ہری چٹنی کے ساتھ مزے لے کر کھا گیا۔

عورت نے جب اطمینان کر لیا کہ لڑکے نے شوق سے کھالیا ہے تب وہ جانے کے لیے اٹھ کھڑی ہوئی بڑبڑاتی ہوئی، "کنجری، مرد کو بچے سے چھڑا کر لے گئی۔" لڑکا اس کے لفظوں پر غور کرنے لگا۔ اسے معلوم تھا کہ نیلی ساڑھی میں کنجری کون تھی۔ وہ پارک سے آگے مکانوں میں کسی ایک مکان میں رہتی تھی اور ہمیشہ دروازے پر کھڑی ملتی تھی۔ اسے دیکھتے ہی اس کا باپ آہستہ قدم ہو جاتا اور لڑکے سے کہتا، "تم چلتے جاؤ، میں آتا ہوں۔" پہلی مرتبہ ایسا ہوا کہ گلی کے نکڑ پر انتظار کرتے ہوئے اس نے بندر کو روشنی کے کھمبے سے باندھ دیا اور واپس مکان پر گیا۔ وہاں پر باپ موجود تھا نہ عورت تھی۔ مکان کا دروازہ بند تھا۔ اس نے دستک کے لیے ہاتھ اٹھایا لیکن رک گیا اور زینے پر بیٹھ گیا۔ اتنے میں دروازہ کھلا اور باپ برآمد ہوا۔ پٹاری بدستور اس کے کندھے سے لٹکی ہوئی تھی۔ لڑکے کو دیکھ کر اسے غصہ آگیا اور اسے یہ کہتے ہوئے مارنے کو ہاتھ اٹھایا، "تجھ سے کہا نہیں تھا کہ جاتا رہ؟ لڑکا داؤ دے کر گلی میں دوڑ گیا۔ بعد میں باپ نے کہا، "جب میں کہوں جاؤ تو میرا کہنا مان لیا کرو۔"

"تم وہاں کیا کر رہے تھے؟" لڑکے نے معصومیت سے پوچھا جس کا جواب باپ نے سختی سے دیا، "سوال نہیں پوچھا کرو۔"

"وہ ہے کون؟ کیا نام ہے اس کا؟"

''اوہ، وہ رشتہ دار ہے۔'' مزید پوچھنے پر بولا،''میں وہاں چائے پینے گیا تھا۔ اب اور پوچھا تو پٹائی کردوں گا شیطان۔''

لڑکے نے ذرا دیر سوچ کر کہا،''میں صرف یہ سوچ کر واپس آیا تھا کہ تم مجھے پٹاری لے جانے کو کہو گے۔''

تب باپ نے سختی سے کہا،''اب بات مت کرو۔ تم کو معلوم ہونا چاہیے کہ وہ اچھی اور سندر ہے۔''

لڑکے نے اس عورت کی یہ تعریف قبول نہیں کی۔ اس نے چاہا کہ خوب زور سے چلا چلا کر کہے،''وہ بُری ہے، خراب ہے اور سندر تو بالکل نہیں ہے۔'' لیکن اس نے اپنے آپ تک ہی رکھا۔ جب بھی دونوں اس راستے سے گزرتے لڑکا بغیر دائیں بائیں دیکھے تیز تیز قدم بڑھاتا اور گلی کے نکڑ پر جا کر باپ کا انتظار کرتا۔ اس کا باپ بھی جب کبھی اس مکان کے دروازے پر ایک بالوں بھری چھاتی والے شخص کو بڑا پیٹ سہلاتے ہوئے دیکھتا تو بیٹے کی طرف سیدھی نگاہ کیے گزر جاتا۔

لڑکے کو رفتہ رفتہ باپ کی طرح بین بجانا، سانپ سے نمٹنا اور اسے کھلانا آگیا۔ اسے سانپ کا زہر پکڑ کر جھٹک دینا بھی آگیا جب کبھی زہر جمع ہو جاتا۔ ہر روز اسے کافی پیسے مل جاتے اور جوں جوں ہفتے مہینے گزرتے گئے وہ بھی لمبا ہوتا گیا اور سانپ موٹا اور سست ہوتا گیا۔ لڑکے کو بندر کے جانے کا ہمیشہ افسوس رہا۔ باپ نے اس کے بندر کو اغوا کر کے اس کے ساتھ بڑی زیادتی کی تھی۔

جب کچھ دن بغیر کمائی کے گزرنے لگے تب اس نے فیصلہ کیا کہ سانپ سے جان چھڑا لے، بین کو پھینک دے اور زندہ رہنے کے لیے کوئی اور کام کرے۔ شاید کوئی دوسرا بندر پکڑ لے اور اسے سکھائے۔ اس نے باپ کو دیکھا تھا کہ وہ کس طرح بندر سے کام لیتا ہے۔ اس کے کندھے پر بندر ہونے سے ہر جگہ داخلہ مل جاتا تھا۔ یہاں تک کہ محل میں بھی۔ بعد میں وہ اسے بطور پالتو رکھے گا

اور کوئی اور پیشہ اختیار کرے گا۔ ریلوے اسٹیشن پر قلی بن کر۔ جہاں ہر گھنٹے اتنی بہت سی گاڑیاں دیکھنے کو ملیں گی۔ ہو سکتا ہے کسی طرح گاڑی پر چڑھ کر دور تک پھیلی ہوئی دنیا دیکھنے چلا جائے لیکن سب سے پہلے تو اسے ناگ سے نجات حاصل کرنا ہوگی۔ روزانہ اسے دودھ اور انڈے کھلانا اب اس کے لیے ممکن نہیں تھا۔

....

وہ سانپ کی پٹاری کو ندی کے کنارے چلتے ہوئے آبادی سے دور ایک ویران جگہ پر لے گیا جہاں سانپ کے مارے جانے کا خطرہ نہیں تھا اور وہ بے خوف ہو کر گھوم پھر سکتا تھا۔ اس ویران علاقے میں درختوں کے جھنڈ میں بہت سے مٹی کے ڈھیر، سوراخ اور چیونٹی کے ٹیلے تھے۔ ''تم کہیں بھی اپنا گھر بنا سکتے ہو اور تمھاری برادری کے بھائی تمھیں واپس دیکھ کر خوش ہوں گے۔'' اس نے سانپ سے کہا، ''تمھیں اپنے گھر میں رہ کر سیکھنا ہوگا کہ کس طرح خوش رہ سکتے ہو۔ مجھے تم بھول جاؤ۔ تم بیکار ہو چکے ہو اور ہمیں جدا ہونا ہوگا۔ مجھے نہیں معلوم میرا باپ کہاں چلا گیا ہے۔ وہ ہوتا تو تمھیں اس وقت تک رکھتا جب تمھارے پَر نکل آتے۔'' اس نے پٹاری سے ڈھکن اٹھایا۔ سانپ کو باہر نکالا اور اسے چھوڑ دیا۔ کچھ دیر تک وہ بے حرکت پڑا رہا، پھر سر کو اٹھایا، اپنے اردگرد کی دنیا کو بے دلی سے دیکھا اور کاہلی سے ایک طرف کو چل پڑا۔ آہستہ آہستہ چند گز جانے کے بعد وہ پیچھے مڑا اور اپنے پٹاری والے گھر کو دیکھا۔ لڑکے نے فوراً پٹاری کو اٹھایا اور سانپ کی پہنچ سے دور پھینک دیا۔ ''تم اور کہیں نہیں جاؤ گے جب تک میں یہاں کھڑا ہوں۔'' اس نے سانپ کو پکڑ کر چیونٹیوں کے ٹیلے کی طرف کر دیا اور خود تیزی سے مخالف سمت میں دوڑ پڑا۔ ایک فاصلے پر رک کر ایک درخت کے پیچھے چھپ کر دیکھنے لگا۔ سانپ چیونٹیوں کے ٹیلے کی ڈھلوان پر پہنچ چکا تھا۔ لڑکے کو اب کوئی شک نہیں رہا تھا کہ سانپ اوپر جا کر بل تلاش کر لے گا اور اندر جا کر ہمیشہ کے لیے اس کی زندگی سے غائب ہو جائے گا۔ سانپ آدھے راستے پر جا کر اِدھر اُدھر دیکھتا ہوا پھر واپس آنے لگا۔ لڑکے نے غصّے سے کہا، ''اوہ، لعنت ہے تجھ پر۔ اپنی دنیا میں کیوں نہیں چلا جاتا؟ میں تمھیں نہیں ملوں گا۔'' وہ درختوں

کے جھنڈ سے دوڑتا ہوا نکلا۔ دم لینے کو رکا۔ اس نے دیکھا کہ سانپ شان سے زمین پر چمکتی دھوپ میں چاندی کے ربن کی طرح سرکتا جا رہا ہے۔ لڑکے نے رخصت ہونے سے پہلے اسے ''الوداع'' کہا۔ لیکن اوپر جو اس نے نظر کی تو دیکھا کہ ایک برہمنی چیل نیلے آسمان پر اُڑ رہی ہے۔ ''گارودا'' اس نے مرعوب ہوتے ہوئے کہا۔ جیسا کہ رواج تھا اس نے تعظیماً آنکھوں کو ہاتھوں سے ملا۔

گارودا وشنو بھگوان کی سواری تھی اور مقدس بھی۔ اس نے آنکھیں بند کر کے پرندے سے دعا مانگی۔ ''تم ایک دیوتا ہو لیکن میں جانتا ہوں کہ تم سانپ کھاتے ہو۔ مہربانی کر کے ناگا کو چھوڑ دو۔'' اس نے آنکھیں کھولیں تو دیکھا کہ چیل تیزی سے نیچے آ رہی ہے۔ اس کی پرچھائیں اسی راستے پر پڑ رہی ہے جس راستے سے کابل سانپ جا رہا ہے۔ ''اوہ'' وہ چیخا۔ ''میں جانتا ہوں کہ تم کیا کرو گے'' گارودا ٹھیک وقت پر غوطہ لگا کر اپنے پنجے احمق ناگا میں گاڑ دے گا جس نے چیونٹیوں کے ٹیلے میں پناہ لینے سے انکار کر دیا تھا لڑکا تیزی سے سانپ کی طرف بڑھا۔ راستے سے پٹاری پکڑ لی۔ ناگ پٹاری کو دیکھ کر رینگتا ہوا اس کے اندر چلا گیا جیسے لوگوں کو تماشا دکھا کر تھکا ہوا واپس اپنے گھر میں آ گیا ہو۔

ناگ کو پارک کی دیوار کے ساتھ اپنی جھونپڑی میں اس کے اپنے کونے میں پھر سے رکھ دیا گیا۔ لڑکے نے سانپ سے کہا، ''اگر تو نے جلدی پر نہیں نکالے تو تیرے سر پر ڈنڈا مار دوں گا۔ جانتے ہو ہر ناگ کے ساتھ ایسا ہی کیا جاتا ہے۔ میں ہمیشہ تمھیں نہیں بچاتا رہوں گا۔ اگر تم پٹاری سے باہر نکلے اور اِدھر اُدھر گھومنے لگے تو میں ریلوے اسٹیشن چلا جاؤں گا اور وہی تمھارا آخری دن ہوگا۔ اس کے بعد کوئی مجھ پر الزام نہیں دھرے گا۔''

(Naga by R.K. Narayan)

برطانوی افسانہ

گھائل ہرنی

برانس کے ہوٹل ڈیوکس کورونس میں کھانا کھانے کے بعد جب یہ تینوں کار میں بیٹھنے کے لیے باہر آئے تو ایک پستہ قد خادمہ سامنے آ کھڑی ہوئی۔ بی وتی اپنا کیمرہ ڈرائنگ روم میں چھوڑ آیا تھا۔ خادمہ نے کیمرہ اس کے حوالے کیا اور ایک لفظ کہے بغیر واپس ہوٹل کے اندر چلی گئی۔ ''عجیب گونگی لڑکی ہے۔'' اس نے خیال ظاہر کیا کہ گیراج کا ملازم بول پڑا، ''وہ ایک برطانوی لڑکی ہے۔ قدیم برٹین نسل سے۔ دو دن پہلے تو وہ یہاں آئی ہے اور اسے فرنچ کا اایک لفظ بھی نہیں آتا۔''

''برطانوی لڑکی؟'' بی وتی نے ذرا حیرت زدہ ہوتے ہوئے کہا۔

''کیوں صاحب اتنا بھی نہیں جانتے۔'' گیراج کے ملازم نے زیر لب مسکراتے ہوئے کہا، ''کہ چھوٹے چھوٹے شہروں کے ان معمولی قسم کے ہوٹلوں میں ہمیشہ کوئی نہ کوئی برطانوی لڑکی رکھی جاتی ہے تا کہ تھکے ہارے مسافروں کی اچھی طرح تواضع ہو سکے اور ان کی تھکاوٹ......''

تینوں ہنس پڑے اور کار روانہ ہوگئی۔ اب وہ کھلے میدانوں میں آگئے تھے۔

''ذرا ہواؤں کی خوشبو پر غور کیا تم نے؟ کتنی خوش گوار ہے۔'' بی وتی نے بغل میں بیٹھے ہوئے ساتھی سے کہا۔

''ہاں۔'' بوتیاؤ نے جواب دیا، ''چونکہ آج بارش ہوتی رہی ہے اور زمین اب تک گرم ہے اور کار کی رفتار بہت زیادہ تیز ہے اس لیے ہوا میں سوندھی مہک پھیلی ہوئی ہے۔''

بی وتی پاؤں پسار کر لیٹ گیا۔ نیم مدہوش، نیم خوابیدہ۔ ڈنر پر جو اس نے شیمپین کی بوتل چڑھائی تھی اس کا خمار اب تک باقی تھا اور نشہ آور ہواؤں نے تو اور بھی اس کے رگ و ریشے میں ہلکا ہلکا سرور دوڑا دیا تھا۔ اس کے ہاتھ پاؤں ڈھیلے پڑ گئے تھے اور وہ محسوس کرنے لگا تھا کہ اب وہ زمین چھوڑ چکا ہے اور ہواؤں میں اڑا جا رہا ہے۔ رہ رہ کر بازوؤں کو پھیلا دیتا جیسے کسی لطیف خیال کو پکڑنے کی کوشش کر رہا ہو۔

''افسوس اس وقت کوئی عورت نہ ہوئی جیلن۔''

لیکن کار کے مالک جیلن نے جو ڈرائیو کر رہا تھا مڑ کر دیکھا تک نہیں۔ اس کا تو بس یہی کام تھا کہ اسٹیرنگ پکڑے مشین کی رفتار کو قائم رکھے۔ کار تیزی سے جا رہی تھی اور ہیڈ لائٹ کی روشنی سے اندھیرے کا جگر چیرا جا رہا تھا اور دو رویہ درخت ایسے معلوم ہو رہے تھے جیسے دو خوش منقش دیواریں کھڑی ہوں۔ اس نے صرف اتنا کہا۔

''عورت؟ بالکل نہیں۔''

بحیثیت ایک مرد اور ایک ذہین کھلاڑی اس وقت اس کی ساری طاقت، ساری مردانگی اور سارا زور سمٹ کر اس کے دماغ اور بازوؤں میں آ گئے تھے۔ اس نے بھی اوروں کی طرح اپنے نتھنے پھلانے اور سکوڑنے شروع کر دیے۔ باہر سے کوہساروں کی مہک آ رہی تھی اور ان ہزاروں جڑی بوٹیوں کی نشاط انگیز خوشبو دل و دماغ میں بسی جا رہی تھی جن کے ناموں سے کوئی واقف نہیں اور جو سورج کی کرنوں میں نشو و نما پاتی ہیں اور رات کے آغوش میں اس سرور افزا لمس سے سرشار رہتی ہیں جو بند کلیوں کو گدگدایا کرتا ہے۔ اور اب یہ نشیلی ہوائیں اس کے لیے کافی تھیں۔ وہ بڑبڑایا۔

''کتنا خوش گوار موسم ہے۔ ہے نا؟''

کار تیزی سے جا رہی تھی اور سناٹے میں شور بپا تھا۔ خرگوش ہڑبڑا کر کھائیوں سے نکل آئے تھے اور جنگل کے جانوروں میں افراتفری مچی ہوئی تھی۔

کار جا رہی تھی کہ یکایک سامنے کی چمکتی سڑک اندھیرے میں ڈوب گئی اور اوپر بکھری

بکھری شاخوں سے آسمان دھبہ دھبہ نظر آنے لگا۔ایک سیکنڈ پہلے یہی کار ایک دوڑتا ہوا روشن ستارہ بنی ہوئی تھی اور اب...... چاروں طرف اندھیرا تھا۔ سانحہ چونکہ غیر متوقع تھا اس لیے پریشانی کا باعث ہوا۔

جیلن چلایا،''خدا خیر کرے۔روشنی بجھ گئی۔''

'''' تو دوبارہ اسے جلاؤ۔''بوتیاؤ نے کہا۔

جیلن نے شانوں کو جنبش دی،''میرا خیال ہے کہ بجلی کے تار شارٹ ہو گئے ہیں اور میں اب کچھ نہیں کرسکتا۔''

''تو سائڈ لائٹ جلا کر چلاؤ۔''

''ہاں،مگر وہ صرف پارکنگ کے لیے ہے۔''جیلن نے جواب دیا۔

''بہرحال پولیس سے بچنے کے لیے کافی ہے۔ چلائے جاؤ۔ مجھے آج ہی پیرس پہنچنا ہے۔میں آج وہیں سونا چاہتا ہوں۔''

جیلن نے سر کو جنبش دی۔اسی ہارس پاور کی گاڑی لاکھ آہستہ چلائی جائے پھر بھی ریس کے گھوڑے اور تارپیڈو کی رفتار سے تو کم کسی حالت میں نہیں جاسکتی۔کوئی کتنا ہی روکنے کی کوشش کرے مگر یہ تو ہمیشہ آگے ہی اچھلتی جائے گی۔جیلن جانتا تھا کہ ایسے اندھیرے میں ساٹھ میل کی رفتار سے چلانے کا کیا حشر ہوتا ہے۔وہی چیز جو دو سیکنڈ پہلے ساٹھ گز دور نظر آرہی تھی وہ کار کے نیچے سے گزر گئی ہے۔تاہم اس نے رضامندی کا اظہار کیا۔وہ بھی اب اپنے دو ساتھیوں کی طرح ضرورت سے زیادہ خوش نظر آنے لگا تھا۔اسے بھی اب ایسا محسوس ہونے لگا تھا کہ جیسے وہ جنگ کے میدان میں گھوڑوں کی فوج کا سالار بن کر موت کے منہ میں جارہا ہے اور اب کوئی جائے مفر نہیں ہے۔

تاریکی لحہ بہ لحہ بڑھتی جارہی تھی اور یہ تینوں گنجان درختوں کے بیچوں بیچ سفر کررہے تھے۔ سیاہ درختوں کی شاخیں آپس میں الجھی الجھی سی معلوم ہو رہی تھیں۔اندھیرا...... گھور اندھیرا اتنا گہرا

ہوتا جارہا تھا کہ ان کی آنکھیں دکھنے لگی تھیں اور وہ چاہتے تھے کہ اپنی آنکھوں کو دونوں ہاتھوں سے چھپالیں جیسے وہ اندھے غار میں گرے جا رہے ہوں۔ اسی اثناء میں جیلن کو سامنے کچھ دکھائی دیا۔ اردگرد کی سیاہی سے بھی زیادہ تاریک کوئی شے، کوئی ذی روح۔ جیلن نے ایک جھٹکے سے اسٹیرنگ کو سنبھالا اور بریک دبا دیا۔ اس قسم کے اچانک ٹھہراؤ سے ظاہر ہے انسان کے جسم کا ہر حصہ اپنی جگہ سے کھسکتا ہوا محسوس ہوتا ہے لیکن کار چونکہ کشادہ تھی اس لیے زیادہ جھٹکا محسوس نہ ہوا اور کار الٹی بھی نہیں بلکہ ایک فرماں بردار گھوڑے کی طرح مالک کے اشارے پر ایکدم سے کھڑی ہوگئی۔

''کیا بات ہے؟'' بی وتی نے پوچھا۔

بوتیاؤ اچھل کر کار سے باہر آیا اور جیلن کے پاس کھڑا ہوگیا جو اپنی پیشانی پونچھ رہا تھا اور کسی کچلی ہوئی شے پر جھکا ہوا تھا۔ وہ رہ رہ کر تڑپ اٹھتی تھی اور ایک طرف کے چھوٹے سے بلب کی روشنی میں اس کا کچھ حصہ نظر آنے لگا تھا۔

''واہ ری قسمت۔'' بی وتی نے کہا جواب کار سے اتر پڑا تھا، ''محض ایک ہرنی!''

تینوں نے بھرپور سانس لیا اور ان کی سرد آہیں گنجان شاخوں میں سنسنا گئیں۔ اس وقت تینوں ایک جیسے لگ رہے تھے۔ تینوں کے جسم پر اوورکوٹ تھا، تینوں نے ٹوپی اور دھوپ کی عینک پہن رکھی تھی اور تینوں داڑھی والے تھے اور تینوں کے بشرے سے عزت، دولت اور طاقت چھلکی پڑتی تھی۔

''واہ ری قسمت!'' جیلن نے دوہرایا۔ لیکن اس کی ہنسی جوان دونوں کی ہنسی میں شامل تھی یکا یک رک گئی۔ ابھی ابھی اس نے ہرنی کی آنکھیں دیکھ لی تھیں۔ اداس اور خوف زدہ۔ نرم اور لطیف۔ جنھیں کبھی ایسے انجام کی خبر نہ تھی کہ وہ یوں سڑک پر کسی انجان حادثے کا شکار ہو جائیں گی۔ آہ، ننھی سی موہنی گڑیا۔ جنگل کی بہاروں کی پروردہ۔ اتنی وحشی اور اتنی معصوم!

اس سے پہلے بھی انھوں نے گھوڑوں پر شکاری کتوں اور ڈھول پیٹنے والوں کے ساتھ ان کا شکار کیا تھا لیکن اس طرح ان کا کوئی شکار زخمی ہو کر نہ گرا تھا۔ یہ بے چاری بالکل دبجی دبجی ہو چکی تھی۔ دم رکتا جارہا تھا اور اس کی آنکھوں میں جہان بھر کی اداسیاں سمٹ آئی تھیں۔

''ہمیں واپس برانس جانا پڑے گا۔'' جیلن نے کہا، ''ہیڈ لائٹ کے بغیر میں آگے نہیں جا سکتا اور ہم بہ آسانی اسی ہوٹل میں سو سکتے ہیں جہاں ہم نے کھانا کھایا تھا۔''

اس نے کار کو پیچھے موڑا اور جتنا آہستہ چلا سکتا تھا اسی رفتار سے تینوں واپس برانس پہنچ گئے۔ رفتہ رفتہ کچلی ہوئی ہرنی کا تصور ان کے ذہن سے مٹتا گیا اور وہ سوچنے لگے کہ کوئی انسان اگر کار کے نیچے آ گیا ہوتا تو! یا وہ تینوں اسی طرح مارے گئے ہوتے تو؟

وہ تینوں بھی تو ایک لمحہ کے لیے موت کا تصور کر چکے تھے لیکن اس وقت تینوں زندہ تھے۔ ان کی رگوں میں صحت مند خون دوڑ رہا تھا اور اب پھر دنیا کی ساری بہاریں سالہا سال تک ان کے لیے وقف ہوں گی۔ مستقبل ان کے سامنے چھتناروں کی طرح پھیل گیا تھا جسے وہ تاحدِ نظر مسرت بھری نگاہ سے دیکھ سکتے تھے۔

ہوٹل ڈیوکس کورونس کا دروازہ بند تھا۔ وہ دیر تک دروازہ کھٹکھٹاتے رہے۔ آخر دروازے کے پاس روشنی نظر آئی۔ پھر بھی انھیں کافی انتظار کرنا پڑا کیونکہ چھوٹے شہروں میں لوگ چوکنا رہتے ہیں اور ہر آنے والے کا استقبال اس وقت تک نہیں کیا جاتا جب تک ٹھوک بجا کر یقین نہ کر لیا جائے کہ وہ بے ضرر ہے۔

''یہ لو۔'' دروازہ کھلتے ہی بوتیاؤ نے کہا، ''یہ تو وہی برطانوی لڑکی ہے۔''

اس کے ہاتھ میں وہی چھوٹا سا لیمپ تھا جس کی بتی گول شیشے میں بند تھی اور جو گزشتہ بیس سال سے رات کی روشنی کا کام دے رہا تھا۔ اس ہلکی سی مدھم روشنی میں اس کے آدھے چہرے کی نرمی، شگفتگی اور بچپنا جھلک رہا تھا۔ علاوہ اس کے اس کا سراپا اور اس کی جیکٹ جو اس نے شب خوابی کے لباس پر چڑھا رکھی تھی اور سوتی پیٹی کوٹ اور پیروں میں ڈالی ہوئی جوتیاں وہیں کہیں سائے میں گم ہو گئی تھیں اور اب جو کچھ بھی نظر آ رہا تھا اس میں اس کا جاندار چہرہ تھا۔

''کمرہ؟'' اس نے ٹھیک پہلے کی طرح آواز کو بھاری کرتے ہوئے پوچھا۔

''ہاں۔ نیند۔ بستر۔ خوب اچھا بستر۔'' بوتیاؤ نے بتایا۔

وہ مسکرائی اور موم بتیاں جلا کر اس نے انھیں سونے کا کمرہ دکھایا اور واپس چلی گئی۔

بی وتی جب اپنے بستر پر گرا تو اس کی نیند اچٹ چکی تھی۔ وہ ایسا محسوس کر رہا تھا جیسے اس کے پرزے پرزے ہو چکے ہوں۔ ابھی تک اس کے دماغ میں رات کی عطر بیزی کا ہلکا ہلکا سرور محفوظ تھا۔ زندگی جو موت کے منھ سے لوٹ آئی تھی۔ عجیب عجیب روپ سے اسے بہلانے لگی۔ وہ جذباتی ہوتا جا رہا تھا اور اسے گیراج کے ملازم کے وہ الفاظ یاد آ گئے۔

'برطانوی لڑکی ...... تاکہ تھکے ہارے مسافروں کی اچھی طرح تواضع ''

وہ دیکھ چکا تھا کہ وہ لڑکی یہیں کہیں سیڑھیوں کے پاس گئی ہے جو اوپر کی دوسری منزل کو جاتی ہیں۔ وہ موم بتی پر ایک ہاتھ سے سایہ کیے ہوئے وہیں گیا۔ ہاں ٹھیک وہی جگہ۔ وہ ایک معمولی لوہے کی چارپائی پر سوئی ہوئی تھی۔ اس کے بال شانوں پر پھیلے ہوئے تھے اور اس کا ہاتھ تکیے کا کام دے رہا تھا اور اب جو کچھ نظر آ رہا تھا وہ اس کی گول مٹول سی گردن تھی اور بھرپور سینوں کا اتار چڑھاؤ۔ بی وتی نے اپنا ایک ہاتھ اس کے کندھے پر رکھا اور اسے چوم لیا۔ وہ موم بتی بجھا چکا تھا۔ لڑکی چونک کر اٹھ بیٹھی اور اپنے بچاؤ کے لیے دونوں ہاتھوں کو پوری طاقت سے آگے بڑھا دیا۔

''کون ہے؟'' وہ چلائی۔

لیکن بی وتی اسے اپنے بازوؤں میں دبوچ چکا تھا اور اس کے ہونٹوں کو کاٹنے لگا تھا۔

''ہاں۔'' اس نے سوچا۔ ''یہ ٹھیک ہے۔ وہ ایک دیہاتی لڑکی جو اسی غرض سے رکھی گئی ہے اور جسے ہر مہینے صاحب لوگوں کی بخششوں کے علاوہ تیس فرانک ملتے ہیں اور پھر یہ تو شرفا میں سے تھا۔ صدیوں کے دباؤ کی غلامی نے اسے صرف یہی سکھایا تھا کہ وہ شرفا اور آقاؤں اور لیڈروں کی نافرمانی کبھی نہ کرے۔ مردان کے لیے جنگ میں کام آئیں اور عورتیں بستر پر۔ وہ خاموش رہی۔ اس کی ننھی و معصوم مگر غلام روح نے ذرا نہ احتجاج کی۔ صرف اس کا جسم خوف سے پیچ و تاب کھاتا رہا کیونکہ یہ ایک پاک جسم تھا۔ کنواری اپنی دوشیزگی کا بچاؤ کرتی ہے اور خوف کھاتی ہے۔ یہ ایک فطری جذبہ ہے اور اسے اپنا آپ کسی کے حوالے کرنے کے لیے کافی ہمت کی ضرورت ہوتی ہے۔ یہ

برطانوی لڑکی، یہ معصوم، اجڈ اور غیر مہذب دیہاتی لڑکی اسی طرح بک گئی جس طرح زمانہ قدیم میں بکا کرتی تھی۔ اس نے التجائیں کیں کہ وہ اسے چھوڑ دے۔ لیکن اس کی مبہم اور غیر واضح زبان جو مغربی ساحلوں پر بولی جاتی ہے بی وتی سمجھنے سے قاصر رہا، شاید عمداً۔

بی وتی کی سمجھ میں یہ بھی نہ آسکا کہ لڑکی نے اس کے بوسوں کا جواب بوسوں سے کیوں نہ دیا۔ اسے بھی آخران ظالم مردوں کی طرح کیوں سمجھا گیا جو آئے، ٹھہرے اور کچھ انعام واکرام دے کر چلتے بنے۔ وہ تو چاہتا تھا کہ لڑکی بھی اسے اسی طرح پیار کرتی۔ اس کی پیشانی اور گالوں کو بوسہ دیتی لیکن وہاں کچھ بھی نہ تھا۔ کوئی ویسا جذبہ نہیں، کوئی گرمی نہیں، بالکل برف کی طرح سرد......

اور وہ واپس چلا آیا۔

دوسری صبح جیلن نے اپنے دونوں ساتھیوں کو اٹھایا اور بی وتی جب باہر آیا تو وہ سب کچھ بھول چکا تھا، سب کچھ، ٹھیک بڑے آدمیوں کی طرح جو ماضی کو کبھی یاد نہیں رکھتے، ہمیشہ آگے کی طرف دیکھتے ہیں اور ان گنت مسرتوں کا کبھی شمار نہیں کرتے۔ بی وتی کو اگر رات کے واقعے کا کچھ خیال آیا بھی تو محض اتنا کہ یہ ایک غیر اخلاقی فعل تھا۔ اس سے زیادہ اس نے سوچا بھی نہیں اور ذہن کو اِدھر اُدھر بھٹکا دیا۔

جیلن نے روانگی کی تیاریاں مکمل کر لی تھیں۔ ہوٹل کا بل ادا کیا جا چکا تھا اور کار اسٹارٹ ہو چکی تھی۔ اس نے دونوں ساتھیوں کے کوٹ اور ٹوپیاں پھینکتے ہوئے کہا۔

''چلو چلیں۔'' اور کار کو پیچھے ہوٹل کے صحن میں لایا تا کہ وہ صدر دروازے سے بآسانی جا سکے۔ ٹھیک اسی وقت وہ ماما، وہ نوکرانی، وہ غلام زادی دروازے کے پاس آ کھڑی ہوئی جس نے رات ان کے لیے دروازہ کھولا تھا۔ وہ بس یونہی چلی آئی تھی۔ اس کے جسم پر وہی رات والا لباس تھا۔ وہی کھردری قمیض اور پُر شکن جیکٹ۔ اس نے اپنے بال بھی نہیں سنوارے تھے۔ چہرہ بھی سنولایا سا تھا اور جوانی جیسے ماند پڑ گئی تھی۔ اس نے گھور کر تینوں کو دیکھا۔ وہ حادثہ جو رات اس کے ساتھ پیش آیا تھا اور جس نے غالباً اس کے اندر کوئی جاندار شے چھوڑ دی تھی، ایک لمحے کے لیے اس کی نگاہوں کے

سامنے تیر گیا اور وہ نہیں پہچان سکی کہ ان تینوں میں وہ کون تھا۔

کار مڑی اور روانہ ہوگئی۔ بوتیاؤ نے خیال ظاہر کیا۔

''اس لڑکی کی آنکھیں..... شاید میں پہلے بھی دیکھ چکا تھا..... ہاں..... بالکل وہی ہرنی کی آنکھوں سے ہو بہو ملتی ہوئیں..... جو رات کار کے نیچے آگئی تھی۔ کیا تم نے دیکھیں وتی؟''

''نہیں۔، میں نے دھیان نہیں دیا۔'' بی وتی نے کہا۔

(*The Stricken Doe* by *Pyre Milly*)

بنگلہ دیشی افسانہ

ایک ہی سطح پر

میاد شیخ گائے سے دودھ دوہ رہا ہے۔ اس کی آٹھ سالہ بیٹی جے گن بچھڑے کو پکڑے ہوئے ہے۔ میاد شیخ کی انگلیاں زور سے، مگر مہارت کے ساتھ حرکت کر رہی ہیں۔ نتیجتاً دودھ کی دھاریں تیر کی طرح بالٹی میں گرتی جا رہی ہیں۔ ایک سریلی آواز پیدا ہو رہی ہے جو جے گن کو پسند ہے۔ یہ آواز اور تازہ دودھ کی میٹھی خوشبو ہمیشہ اسے مسحور کر دیتی ہے۔

آگے کی دونوں چوچیوں سے دودھ نکالا جا چکا ہے۔ پیچھے کی چوچیاں بھی اب خالی ہونے کو ہیں۔ پہلے جو بھری بھری چوچیاں اور پھولا ہوا تھن تھا، اب سکڑ کر خالی تھیلے جیسا ہو گیا ہے۔

میاد شیخ دوہنا روک کر کہتا ہے، ''اب بچھڑے کو چھوڑ دو۔''

جے گن گود ڈھیلا کرتی ہے۔ بچھڑا تیزی سے دوڑ کر ماں کے پاس جاتا ہے اور ایک چوچی کو منہ میں لے کر جلدی جلدی چوسنے لگتا ہے۔ ایک دو منٹ چوسنے کے بعد اپنا سر مارتا ہے۔ تھن کچھ پھولنے لگتا ہے۔ جے گن چلاتی ہے، ''ابا، ابھی اور دودھ رہ گیا ہے۔''

''کیسی شریر گائے ہے۔'' میاد شیخ بڑبڑاتا ہے جب وہ چوچیوں کو ہاتھ لگاتا ہے۔ پھر وہ بچھڑے کے منہ پر ایک زوردار تھپڑ مارتا ہے کہ وہ منہ میں لی ہوئی چوچی کو چھوڑ دے۔

''اپنے بچھڑے کے لیے دودھ بچا کر رکھتی ہے۔ اب بچھڑے کو پکڑ!''

جے گن جھپٹ کر پکڑ لیتی ہے۔اس کی گردن کو گود میں لے کر جکڑتی ہے۔بچھڑا غصے میں ہے اور اپنی اگلی ٹانگیں ہوا میں تلوار کی طرح چلاتا ہے۔

جے گن اسے مضبوطی سے پکڑے رہتی ہے۔

میاد شیخ کی انگلیاں دو ہتے دو ہتے دکھنے لگتی ہیں لیکن وہ ظاہر نہیں کرتا ہے۔ کچھ دیر بعد دودھ کا بہاؤ کم ہو جاتا ہے اور جو سریلی آواز دودھ کی دھار سے بالٹی میں پیدا ہو رہی تھی وہ مدھم پڑ جاتی ہے۔ بالٹی اوپر تک بھر گئی ہے۔ سفید جھاگ باہر نکلنے لگتی ہے۔اس کی تازہ میٹھی خوشبو جے گن کے نتھنوں تک پہنچتی ہے۔

میاد بالٹی لے کر کھڑا ہو جاتا ہے۔" ٹھیک ہے، اب چھوڑ دو۔اب دودھ نہیں رہا ہے۔"

بھوکا بچھڑا پھر دوڑ کر تھن سے ٹکریں مارتا ہے۔ ایک چوچی کو منھ میں لے کر چوسنے لگتا ہے۔دو مرتبہ چوستا اور ایک زوردار ٹکر سر سے مارتا ہے لیکن اب دودھ کا ایک قطرہ بھی نہیں آتا ہے۔

گائے اپنی ایک پچھلی ٹانگ اوپر اٹھاتی ہے اور بچھڑے کو مارنے لگتی ہے۔

لیکن بھوکا بچھڑا باز نہیں آتا۔خالی تھن سے سر ٹکراتا رہتا ہے۔اسے دودھ چاہیے جس کا جواب گائے لات مار کر دیتی ہے۔زیادہ زور سے۔وہ دودھ فراہم نہیں کر سکتی۔

چند سالوں بعد۔

ایک خوب صورت صبح۔آنگن چمکتی دھوپ میں دمک رہا ہے۔ایک سرخ رنگ کی گائے کھمبے سے بندھی ہے۔بالٹی کو اپنے گھٹنوں کے بیچ دبائے میاد شیخ دودھ دوہ رہا ہے۔ایک چھوٹا لڑکا بچھڑے کو پکڑے ہوئے ہے۔لڑکا جے گن کا چھوٹا بھائی ہے۔

ایک جوان عورت برآمدے میں بچے کو گود میں لیے بیٹھی ہے۔اس کے شفاف چہرے پر صبح کی نرم روشنی چمک رہی ہے۔وہ فکر مند نظر آتی ہے۔

بے چین بچھڑا لڑکے کے بازوؤں میں تلملا رہا ہے۔ [illegible]

ہے۔لڑکا اسے قابو کرنے کی کوشش میں تھک چکا ہے۔

جوان عورت کی گود میں بچہ رونے سے پہلے اچانک چیخ پڑتا ہے۔ سینے پر سے کپڑا ہٹا کر جوان عورت اپنی دودھ بھری چھاتی کا نپل بچے کے منہ میں ٹھونس دیتی ہے۔ایک سیکنڈ میں بچہ رونا بند کر دیتا ہے۔ پرسکون ہو کر آنکھیں بند کر کے ماں کی چھاتی سے دودھ پینے لگتا ہے۔

جوان عورت کی آنکھوں میں عجیب طرح کی چمک ہوتی ہے جب وہ آنگن کا منظر دیکھتی ہے۔

''کیسی بے مروّت گائے ہے!'' میاد شیخ چاروں چوچیوں سے دودھ کا آخری قطرہ نچوڑ لینے کے بعد بڑبڑاتا ہے۔

''بچھڑے کو چھوڑ دو۔دودھ اُترنے تک دیکھتا ہوں۔''

لڑکا بچھڑے کو چھوڑ دیتا ہے۔

جوان عورت کی نظریں اب جم گئی ہیں۔سوچ سے مغلوب۔ بچے کے منہ سے نپل نکال لیتی ہے۔ بچہ فوراً چیختا ہے۔ وہ چھاتی تبدیل کرنے کے وقفے کو برداشت کرنے کے لیے تیار نہیں ہے۔عورت جلدی سے دوسرا نپل اس کے منہ میں ٹھونس دیتی ہے۔ بچہ پُرسکون ہو جاتا ہے اور دودھ پینے لگتا ہے۔

آنگن میں بچھڑے کو چھوڑ دینے سے تھوڑا اور دودھ اُتر آتا ہے۔میاد شیخ مطمئن ہو کر لڑکے سے کہتا ہے،''اب پھر بچھڑے کو پکڑ لو۔''

بچے کو چھاتی سے لگائے عورت اب بھی یہ سارا منظر دیکھ رہی ہے۔اس کا چہرہ اور اس کی آنکھیں ایک خیال سے دمک اٹھتی ہیں۔اور تب یہ ہوتا ہے۔آنکھیں یکا یک چوڑی ہو جاتی ہیں۔ اس کے دل میں ایسا درد ہونے لگتا ہے جیسے اس کی چھاتیوں کو کھینچا جا رہا ہو۔ کچھ لٹیرے اس کے بچے کا دودھ نچوڑ رہے ہیں۔سنگدل لٹیرے!

آنگن میں لڑکا بچھڑے کو پکڑنے کے لیے آگے بڑھتا ہے۔

''ارے!'' عورت یکا یک چیخ پڑتی ہے،''چھونا مت، بچھڑے کو مت چھونا۔گائے کا

دودھ بچھڑے کے لیے ہے، تیرے لیے نہیں ہے۔ کیا بچھڑے کو مار دے گا!''

جوان عورت کا نام جے گُن ہے!

('On the Same Plane' by Shahed Ali)

بنگلہ دیشی افسانہ

رشتے

صبح کا وقت ہے۔ سارا آسمان صاف ہے لیکن کل سہ پہر میں گہرے اندھیرے نے پوری زمین کو اپنی لپیٹ میں لیے رکھا۔ اُتر کی تیز آندھی نے پورے ملک کو چور کر کے رکھ دیا۔ ہم اگرچہ ڈھاکا شہر کے جدید علاقے میں رہتے ہیں پھر بھی مارے گھبراہٹ کے کانپ کانپ گئے۔

دیر تک گرج چمک کے بعد اولوں کی بارش ہوئی۔ ہمارے گھر کے سامنے والی سڑک ندی بن گئی۔

لیکن آج آسمان ہشاش بشاش نظر آ رہا ہے۔ مشرقی برآمدے میں بیٹھا میں اخبار پڑھ رہا ہوں اور میرے ذہن میں جھونپڑیوں میں رہنے والوں اور آفت زدہ دیہاتیوں کی تصویر ابھرتی ہے جن کے مکانات آندھی نے اُڑا دیے۔ ڈھاکا شہر تک میں بہت سے لوگ جان گنوا بیٹھے۔ میرے ذہن میں تباہ حال خاندانوں کی تصویریں گھوم رہی ہیں۔ ایسا محسوس ہوتا ہے کہ میں ان غم زدہ لوگوں کی پکار صاف سن رہا ہوں۔ ہر سال اُتر پچھم کی ہوا ان لوگوں پر حملہ آور ہوتی ہے۔ کیا ان کی حفاظت کے لیے کچھ نہیں کیا جا سکتا؟

میں اخبار پڑھتے ہوئے سوچ میں گم ہو جاتا ہوں۔ ایک عجیب آواز سے بھی میں بے خبر ہوں۔ میں کوئی توجہ نہیں دیتا۔ آواز بدل جاتی ہے اور مسلسل رگڑنے گھسنے کا شور میری توجہ اپنی طرف

مبذول کر لیتا ہے۔ برآمدہ جالی سے بند ہے اور میں جالی کی طرف پیٹھ کیے بیٹھا ہوں۔ اب میں باہر دیکھنے کے لیے مڑتا ہوں۔

ایک گوریا پنجوں سے جالی میں لٹکی ہوئی چیں چیں کرتی ہوئی اپنے بازو پھڑ پھڑا رہی ہے۔ نزدیک ہی دوسری دو گوریا دیوار کے ساتھ بندھے تار پر خود کو متوازن رکھنے کی کوشش کر رہی ہیں۔ جالی والے کے ساتھ مل کر چیں چیں کر رہی ہیں اور کسی کسی وقت اس کے پاس آ کر پھڑ پھڑانے لگتی ہیں، پھر واپس تار پر یا قریب میں آم کے جوان پیڑ کی شاخ پر جا کر بیٹھ جاتی ہیں۔ میں پھر واپس اخبار پڑھنے لگتا ہوں۔

پھر ایک چیخ سنائی دی۔ میں اخبار رکھ کر باہر یکھتا ہوں۔ چڑیا اب بھی وہیں ہے۔ جالی کے ساتھ پنجے پھنسائے ہوئے، بازو پھڑ پھڑاتی ہوئی۔

بات کیا ہے؟ چڑیا میری طرف دیکھ کر ہانپ رہی ہے۔ اس کی آنکھوں سے آنسو اور خوف دونوں ایک ساتھ مترشح ہیں۔

چڑیا جالی کو پکڑے ہوئے ہے۔ دو دوسرے پرندے پہلے کی طرح اڑتے ہوئے چیخ رہے ہیں۔ کسی وقت وہ نیچے غوطہ لگاتے ہیں اور پھر آم کی شاخ پر یا دیوار پر بندھے تار پر جا بیٹھتے ہیں۔

یہ چیخیں اور بے چینی۔ کیا مطلب ہے ان کا۔ خوف یا غصہ؟ رفتہ رفتہ ان کی چیخوں کا واضح مفہوم میرے دماغ میں متشکل ہونے لگتا ہے۔

میں کرسی چھوڑ کر چند قدم جالی کی طرف بڑھاتا ہوں۔ جالی والا پرندہ اُڑ کر دیوار پر ایک منٹ کے لیے جا بیٹھتا ہے اور پھر زمین کریدکر واپس اپنی جگہ پر آ بیٹھتا ہے۔ یہ سارا عمل مجھے اچھا لگتا ہے کہ غصے کا اظہار ہے اور جب وہ یہ عمل کئی بار دوہراتا ہے تو اس کا غصہ میں اپنی جلد پر محسوس کرنے لگتا ہوں۔ وہ دونوں پرندے حسب معمول اُڑ رہے ہیں۔ کبھی غوطہ لگاتے ہیں اور پھر واپس تار پر یا آم کی شاخ پر جا بیٹھتے ہیں۔

اس عرصے میں صبح کی نرم دھوپ تیز ہو گئی ہے۔ تینوں پرندے ابھی تک درخت کے گرد پرواز کر رہے ہیں اور چیخ رہے ہیں۔ کیا ان کا گھونسلہ بھی اتر پچھم کی آندھی نے اجاڑ دیا ہے؟

میں خاموش کھڑا ہوں۔ پرندے دو میں یا چار میں ہوتے ہیں۔ ان کے جوڑے ہوتے ہیں۔ یہ صرف تین کیوں ہیں؟ چوتھے کے ساتھ کیا ہوا ہے؟ رفتہ رفتہ ان کی پریشانی میرے دل میں اترنے لگتی ہے۔ وہ کہاں ہے؟

میں اب تقریباً جالی سے ٹیک لگائے کھڑا ہوں۔ پھر وہ تنہا پرندہ اوپر پرواز کرتا ہے۔ دوسرے دو پھڑ پھڑاتے اور چیختے ہیں۔ اس مرتبہ ان کی گھبراہٹ ٹوٹ کر میرے دل میں گرتی محسوس ہوتی ہے۔ میری سمجھ میں کچھ نہیں آتا ہے۔

میں نیم وا آنکھوں سے اپنے اطراف پر نظر ڈالتا ہوں۔

اب میں دیکھ سکتا ہوں کہ اکیلا پرندہ کروٹن پودے کی طرف غوطہ لگاتا ہے جو دیوار کے ساتھ لگایا گیا ہے۔ پرندہ نیچے جڑ کے پاس کی زمین کو چھوتا اور فوراً واپس پلٹ جاتا ہے۔ دیوار کی وجہ سے صبح کے سورج کی شعاعیں درخت کے نیچے پہنچتی ہیں اس لیے اس جگہ ہمیشہ سایہ رہتا ہے۔

میں اس سایہ دار درخت کو دیکھتے ہی جم جاتا ہوں۔ ایک بلّی بیٹھی ہے، ایک گوریا اس کے منہ سے لٹکی ہوئی ہے۔ خون چڑیا کے پروں پر ہے۔ وہ ابھی تک زندہ ہے۔

پرندہ اپنے پنجے جالی میں گاڑتا ہے، بازو پھڑپھڑاتا ہے، ہانپتا ہے۔ اس کی آنکھیں دیکھ کر میں بے چین ہو جاتا ہوں۔ بلّی مجھے دیکھتی ہے مگر میں تو جالی دار برآمدے میں قید ہوں۔ تاہم بلّی چوکس ہے۔ میں دروازہ کھولتا ہوں اور لوہے کا سریا لے کر دوڑتا ہوں۔ لیکن میرے پہنچنے سے پہلے بلّی چڑیا کو منہ میں لیے ساتھ والے باغیچے میں بھاگ جاتی ہے۔

تینوں پرندے بھی پرواز کر چکے ہیں۔ بلّی کے پیچھے۔ ہوا میں دائیں بائیں اُڑتے ہوئے۔ اب وہ مکان کی جنوبی دیوار پر آ بیٹھے ہیں۔ دلدوز چیخیں نکلتی ہیں۔ اب غصّے میں گریہ بھی شامل ہوتا جا رہا ہے۔

باغیچے کا گیٹ ابھی تک بند ہے۔اس کے سامنے تینوں پرندے بدستور چیخ رہے ہیں۔ اکیلا پرندہ گیٹ سے ٹکراتا ہے اور پھر واپس آ کر پتھر پر بیٹھ جاتا ہے۔ کچھ دیر بعد گیٹ کو دیکھتا ہے۔ وہ جو کچھ بھی محسوس کر رہا ہے، لگتا ہے کہ ہمت باندھ رہا ہے۔ کچھ دیر بعد وہ پھر گیٹ سے ٹکراتا ہے۔ وہ گیٹ کی گرل کو پنجوں سے پکڑتا ہے، چیختا ہے اور بازو پھڑ پھڑاتا ہے۔

میں دیر تک خاموش اور بے حس وحرکت رہتا ہوں۔ میں عام طور پر روز کا اخبار پڑھ کر اپنی میز پر واپس آ جاتا ہوں۔ آج میں منصوبہ بنا رہا ہوں کہ ناول کا مسودہ مکمل کرلوں۔ میں ایک لمبا سانس لیتا ہوں اور واپس میز تک جانا چاہتا ہوں۔ وقت تیزی سے گزر رہا ہے لیکن میں توجہ مرکوز نہیں کر سکتا۔ میں تین گوریوں کی ٹولی کو بھلا نہیں سکتا۔ ان کی چیخ و پکار تمام آوازوں پر حاوی ہوگئی ہے۔ دنیا کی ساری آوازیں اور سارا شور ان کی چیخوں میں ڈوب گئے ہیں۔ میں سوائے ان کی چیخوں کے اور کچھ نہیں سن سکتا۔

میں کھڑکی سے باہر تینوں کو دیکھتا ہوں۔ ایک لمحہ وہ جنوبی دیوار پر ہوتے ہیں، دوسرے لمحے امرود کے پیڑ کی شاخ پر بیٹھنے کی کوشش کر رہے ہوتے ہیں اور ایک لمحے بعد احاطے کی دیوار کے باہر بجلی کے تار پر بیٹھ جاتے ہیں۔ چیختے چلاتے ہوئے۔

دو پہر ہوتے ہوتے جوڑا چلا جاتا ہے۔ اب صرف اکیلا پرندہ بجلی کے تار پر بیٹھا ہے۔ اس کی نظریں ابھی گیٹ پر ہیں۔ رہ رہ کر خاموشی کو تیز چیخ سے توڑ دیتا ہے۔

میں سہ پہر میں بیت المکرّم چلا جاتا ہوں اور شام کے پانچ بجے گھر لوٹتا ہوں۔ رکشا سے اترتے ہوئے میں پھر تینوں کو بجلی کے تار پر دیکھتا ہوں۔ دو تو ساتھ ساتھ بیٹھے ہیں اور تیسرا ذرا فاصلے پر ہے۔

آسمان ابر آلود ہے۔ بجلی کے تار اندھیرے آسمان میں سیاہ لکیروں کی طرح نظر آ رہے ہیں۔ ان سیاہ تاروں پر تینوں پرندے بیٹھے ہیں۔ وہ تین سیاہ نقطوں سے زیادہ بڑے نہیں نظر آ رہے ہیں۔ کون بتا سکتا ہے کہ ان کا آپس میں کیا رشتہ ہے؟ کیا یہ پڑوسی ہیں؟ یا ایک ہی خاندان کے فرد

ہیں؟ ہم ذی عقل انسان ہیں۔ کس طرح بعض غیر اہم پرندوں کے بارے میں جان سکتے ہیں؟

وہ تمام دن چلاتے رہے۔ شام ہوتے ہوتے شاید تھک گئے تھے۔ اکیلا پرندہ البتہ گیٹ کو گھورتا رہا۔

اگلی صبح میں بہت دیر سے جاگا لیکن جونہی میں نے آنکھیں کھولیں مجھے گوریوں کی چیخیں سنائی دیں۔ میں بستر چھوڑ کر آواز کی طرف چل پڑتا ہوں۔ مکان کے سامنے آتا ہوں۔ دیکھتا ہوں کہ دو پرندے امرود کے درخت کی شاخ پر بیٹھے ہوئے ہیں۔ یہ تو شور مچا رہے ہیں۔ تیسرا اکیلا خاموشی سے بجلی کے تار پر بیٹھا اب بھی گیٹ کی طرف دیکھ رہا ہے۔ گیٹ جدھر سے بلی کل اس کی رفیقۂ حیات کو لے کر غائب ہوگئی تھی۔ شاید چڑے کو یقین ہے کہ وہ پھر اس گیٹ سے واپس آجائے گی۔!

چند دن گزر گئے۔ میں جب بھی گوریوں کی چہچہاہٹ سنتا ہوں جلدی سے باہر نکل آتا ہوں۔ میری آنکھیں صرف اس اکیلے پرندے کو دیکھتی ہیں۔ کبھی آم کی شاخ پر، کبھی دیوار پر، کبھی بجلی کے تار پر۔ دوسرے دو آکر چکر لگاتے رہتے ہیں لیکن یہ اکیلا پرندہ ہمیشہ یہیں موجود ہوتا ہے لیکن جب بھی بجلی کے تار پر بیٹھتا ہے گیٹ کی طرف دیکھتا رہتا ہے۔

('News Item' by Shahed Ali)

بنگلہ دیشی افسانہ

قصہ ہلسا مچھلی کا

یہ ڈھاکہ میں دسمبر ۱۹۷۲ء کا مہینہ ہے۔ رایار بازار کے پچھواڑے برآمدے میں ایک سہانی صبح میری ماں اور میں بید کی پلنگ پر آرام سے بیٹھے نانی کو مچھلی صاف کرتے ہوئے دیکھ رہے ہیں۔ وہ چٹائی پر بیٹھ کر یہ کام کر رہی ہیں۔ ان کے پہلو میں، کھردری سیمنٹ کے فرش پر ایک بید کی بنی ہوئی ٹوکری ہے۔ نانی، چھوٹے قد کی، کلف لگی ساڑھی میں ایسی لگ رہی ہیں جیسے بادل نے انھیں لپیٹ رکھا ہو۔ پیدائش کے بعد سے میں نے انھیں نہیں دیکھا تھا۔ ہمارا خاندان...... میرے والدین، میرا بھائی اور بہن کراچی سے فرار ہو کر بمشکل ایک ماہ قبل نئی ریاست بنگلہ دیش کے شہر ڈھاکہ آئے تھے اور اپنے ماما کے گھر رہ رہے تھے جب تک کہ اپنی جگہ نہ مل گئی۔ میں برآمدے کی چھت کے نیچے کنارے سے آسمان کو دیکھتا ہوں جو اسی طرح روشن ہے جب ہم پانچوں پناہ گزیں تین سوٹ کیس کے ساتھ ہند بنگلہ دیش سرحد بیناپول کے مقام پر عبور کر کے آئے تھے۔ میری نانی چٹاگانگ سے ہمارے پاس آئی تھیں۔ اپنے نواسے نواسی کو دیکھ کر بہت خوش ہوئیں اور پاکستان سے نکل بھاگنے کی داستان سن کر ہمدردی کا اظہار کرتی رہیں۔

ہلسا مچھلی کے بارے میں انھوں نے مسکرا کر اور مچھلی کو اوپر ہوا میں لٹکا کر بتایا کہ یہ پدما سے تازہ پکڑ کر لائی گئی ہے۔ پھر انھوں نے اس کی ابھری ہوئی آنکھوں کی طرف اشارہ کیا۔ اوسط

جسامت کی تھی اور چاندی جیسا جسم تھا۔ مجھے یاد نہیں ہے کہ پہلے میں نے کب دیکھی تھی۔ خشک، بد رنگ اور بے ڈھنگے طریقے سے پھیلنے والے شہر کراچی میں پیدا ہوا۔ وہیں پلا بڑھا۔ یہ سارا کچھ، مچھلیاں، ندیاں، رشتہ دار، ڈھاکہ کے سبزہ زار اور کھلونوں جیسے ڈاک خانے میرے لیے نئے ہیں۔

میری نانی ۱۹۷۱ء کے بارے میں بتاتی ہین۔ ۱۹۷۲ء میں ہر بنگالی ۱۹۷۱ء کی بات کرتا ہے۔ جنگ اور رفیوجی اور پھر روزمرہ کی وحشت سے نجات کے بارے میں بولتا ہے۔

''۱۹۷۱ء پھر سے ۱۹۴۷ء ہو گیا تھا۔'' وہ مچھلی کے دونوں سروں کو پکڑتے ہوئے اور پھر اسے بیچ سے چیرتے ہوئے بتاتی ہیں۔ مچھلی کے چھلکے اڑ اڑ کر بکھر جاتے ہیں۔ ''۱۹۴۷ء میں بٹوارے کے وقت میرے دادا دادی کلکتے سے بھاگ کر دوسرے مسلمانوں کے ساتھ آئے تھے۔ میری ماں بتاتیں کہ سارا محلہ ایک دن ذبح کر دیا گیا تھا۔ شیر خواروں کو دیوار پر پٹخ دیا گیا تھا۔ بڑے اور بچے بے تحاشا چیختے چلاتے بھاگے تھے۔

پھر وہ مچھلی کے ٹکڑے کرنے لگیں۔

''ہمارے مکان میں سڑک کے اس طرف ہندو کا مکان تھا۔'' وہ مچھلی صاف کرتی جاتی ہیں۔

''تازہ۔'' وہ پھر کہتی ہیں اور سر ہلاتی جاتی ہیں۔ ان کے پیچھے دیوار کے سامنے دو خالی گلدان اور ایک سرخ رنگ کا مٹی کا پیالہ ہے جس میں ان کی ساڑھی کے کلف کے لیے چاول کی پیچ پڑی ہے۔ چیونٹیوں کی ایک قطار پیالے کے کنارے سے ہوتی ہوئی آگے بڑھ رہی ہے۔

''وہ ہمارے محلے میں عرصہ سے رہ رہے تھے۔ ہم نے انھیں تالاب میں نہانے کی اجازت دے رکھی تھی۔'' وہ مچھلی کی دم پر سے چھلکے اُتارتی ہوئی کہتی ہیں۔

''اور تم جانتے ہو، چٹاگانگ پرانے خیال والوں کی جگہ ہے اور ہمارا مولوی ایک امن کمیٹی کا ممبر تھا۔ امن کمیٹیاں بنگالیوں کا گروپ، دیہی علاقوں میں پاکستان آرمی کی سرپرستی میں پروپیگنڈا اور دہشت کے لیے قائم کی گئی تھیں۔'' وہ مچھلی کے گلپھڑے کو چیرتی ہیں۔

پھر وہ مچھلی کا سر کاٹ کر ٹوکری میں ڈال دیتی ہیں۔

''ایک رات...... صبح کے دو بجے تھے، ہم نے 'نعرۂ تکبیر' کا شور سنا۔'' انھوں نے بات جاری رکھی اور ۱۹۴۷ء میں مسلمانوں کی چیخ پکار کا حوالہ دیا۔

وہ ہلسا مچھلی کا پیٹ چیرتی ہیں اور قریب لا کر اندر جھانکتی ہیں۔

میری ماں بھی آگے جھک کر دیکھتی ہیں، ''انڈے؟'' وہ پوچھتی ہیں۔

''مجھے تو دکھائی نہیں دیتا۔'' نانی جواب دیتی ہیں، ''صرف برسات میں انڈے ہوتے ہیں۔''

میری ماں ہاتھوں سے مکھیاں بھگاتی ہیں۔

''اگلی صبح ہم نے سنا کہ ان پر حملہ ہوا اور سب قتل کر دیے گئے؛'' وہ ہماری طرف دیکھتی ہوئی کہتی ہیں۔

''انھوں نے بتایا کہ مولوی نے خود ان کے گلے کاٹے۔''

''کس نے بتایا؟'' ماں پوچھتی ہیں۔

''ان کے پڑوسیوں نے۔''

خاموشی...... جس میں ہوا گرد آلود پتوں میں سانس لیتی ہے۔

وہ مچھلی کے مزید ٹکڑے بناتی ہیں۔

''مولوی اب کہاں ہے؟'' میری ماں پوچھتی ہیں۔

''اوہ، وہ اب بھی چلتا پھرتا، ہٹا کٹا تندرست ہے۔''

انھوں نے لفظ 'جبائی' استعمال کیا۔ یہ قربانی عید میں بولا جاتا ہے جسے میں بچپن سے سن رہا ہوں۔ اس کا خاص مطلب ہے گلا کاٹنا۔ پاکستان میں اُردو میں اس کو ذبح کہتے ہیں۔

دوپہر کے کھانے پر، سفید پردوں سے آتی ہوئی ہلکی روشنی۔ نانی کے بال غسل کے بعد ابھی تک بھیگے ہوئے۔ میری ماں نے دیکھ لیا کہ میں نے مچھلی کے سالن کو پرے کر دیا ہے۔

''تم ہلسا نہیں کھا رہے ہو؟''

''آج نہیں۔''

''کانٹا نہیں نکال سکتے ؟اوں؟''

نہیں۔ابھی نہیں۔مجھے اور وقت چاہیے۔''

ایک وقفہ۔ چاول اور ہلسا مچھلی کے شوربے کا ایک اور دور۔ سب کے لیے سوائے میرے۔

''تم تو کچھ نہیں کھا رہے ہو۔''

''مجھے بھوک نہیں ہے۔''

''تو تمھیں ہمارا ڈھاکہ کیسا لگا؟''

''بھالو۔خوب بھالو۔''

('An Ilish Story' by Khademul Islam)

چینی افسانہ

پاکدامنی کے مینار

شہر سوکوف سے پرے ایک اور چھوٹا شہر ہے جو نیلگوں پہاڑیوں اور دل نشیں جھیل کے درمیان واقع ہے۔ ایک پرانی اور کھردری سڑک کے کنارے دور تک ایک قطار میں مینار بنے ہوئے کھڑے ہیں۔ یہ نظارہ چین کے شہروں کے علاوہ دیہاتوں میں بھی عام ہے۔ یہ دراصل ماضی کے ان مردوں اور عورتوں کی یادگاریں ہیں جنھوں نے شہنشاہِ وقت سے اپنے کارناموں کی بنا پر اعزاز حاصل کیا ہے۔ ان میں پاکدامنی کے مینار بھی ہیں جو ان بیواؤں کے نام پر تعمیر کیے گئے ہیں جنھوں نے عالمِ شباب میں اپنے شوہروں کو کھودیا اور تمام عمر نہایت پارسائی کے ساتھ صرف اپنے شوہر کی یاد میں گزار دی۔ ذیل کی کہانی ان ہی میناروں سے متعلق ہے۔

''مہوا اندر آ جاؤ۔'' مسز وان نے بلند آواز میں بیٹی کو پکارا: ''اب تم بڑی ہوگئی ہو۔ اس طرح گلی میں جھانکتے رہنا ٹھیک نہیں ہے۔''

مہوا شرم سے سر جھکائے ہوئے اندر آ گئی۔ وہ ایک خوب صورت لڑکی تھی۔ چہرہ شفتالو کی کلیوں جیسا، ہونٹ گلابی اور دانت بے حد سفید تھے۔ مزاج میں بے ساختہ پن اور آزادہ روی کے علاوہ کسی قدر ضد کا مادہ بھی تھا۔ ماں کے پاس سر جھکائے ہوئے وہ چلی گئی لیکن دل اس کا ابھی تک گلی

کی طرف لگا ہوا تھا۔

''آخر دوسری لڑکیاں بھی تو دیکھ رہی ہیں۔'' اس نے اپنے دیکھنے کا جواز پیش کیا۔

باہر گلی میں فوجیوں کی ایک کمپنی مارچ کرتی ہوئی جا رہی تھی، ان کے بوٹوں کی آواز سے پوری گلی میں ایک عجیب سا شور برپا تھا۔ عورتیں اور مرد اپنے اپنے گھروں سے یہ نظارہ دیکھ رہے تھے اور فوجیوں کی روانگی سے متعلق قیاس آرائیاں کر رہے تھے۔ بوڑھی اور ادھیڑ عورتیں تو چوکھٹ سے باہر نکل کر دیواروں سے لگ کر کھڑی تھیں لیکن جو جوان اور نوعمر تھیں وہ پردوں اور چلمنوں کے پیچھے سے جھانک رہی تھیں۔

مہوا پردے سے باہر نکل کر گھر کے سامنے ایک پتھر پر جا کھڑی ہوئی جہاں سے اچھی طرح دیکھا جا سکتا تھا۔ ایک طویل القامت کیپٹن نے اسے دس بارہ قدم پیچھے سے ہی دیکھ لیا تھا اور جب وہ اس کے قریب سے گزرا تو شفتالو جیسے چہرے پر ایک ہلکا سا تبسم دوڑ گیا۔ کیپٹن نے اسے دیکھا اور مارچ کرتا ہوا آگے بڑھ گیا۔

یہ فوجی دستہ تیس میل جنوب میں واقع شہر سوکوف سے ڈاکوؤں کی سرکوبی کے لیے جا رہا تھا جو نیلگوں پہاڑیوں میں چھپ چھپ کر قرب و جوار کے دیہاتوں پر دن دھاڑے حملے کر رہے تھے۔ لم نچ وانگ جیسے چھوٹے شہر میں فوجیوں کے قیام و طعام کا مناسب انتظام نہیں تھا۔ بہتیرے مندر خالی کرائے جا چکے تھے لیکن افسروں کو تو گھروں میں قیام پذیر ہونا تھا جہاں انھیں سونے کے لیے آرام دہ بستر میسر آ سکتا تھا۔

کیپٹن کے ذہن میں بھی یہ بات تھی اس لیے اس کی یہ حرکت قابلِ گرفت نہیں قرار دی جا سکتی تھی کہ اس نے لڑکی کی طرف کیوں دیکھا یا اس مکان کو یاد رکھنے کی کوشش کیوں کی۔ سپاہیوں کے سونے اور کھانے کا انتظام کر کے وہ اسی سہ پہر کو مہوا کے مکان پر آیا اور اپنے لیے میزبانی قبول کرنے کی پیشکش کی۔ اس مکان میں دو بیوائیں رہتی تھیں۔ ایک تو مہوا کی ماں اور دوسری اس کی دادی لیکن کیپٹن کو ان کی بیوگی کا علم نہیں تھا۔ وہ تمام باتیں سمجھاتے ہوئے کہنے لگا کہ اس کی یہ مہم عرصہ دو ماہ

تک جاری رہے گی اور اس کا زیادہ تر وقت باہر ہی کٹے گا لیکن جب وہ اس شہر میں ہوگا تب اسے سونے کے لیے بستر کی ضرورت ہوگی اس لیے اگر یہ عورتیں سونے کا انتظام کر دیں تو وہ بے حد احسان مند ہوگا۔

لڑکی جسے کیپٹن نے صبح دیکھا تھا اس کی باتوں میں بے حد دلچسپی لے رہی تھی اور ایسا معلوم ہوتا تھا کہ کیپٹن کے قیام سے متعلق اپنی ماں اور دادی سے لفظ ہاں سننے کے لیے بے چین ہے۔ دادی کی عمر ساٹھ سال سے تجاوز کر چکی تھی اور اس وقت وہ سر پر ایک مخملی کپڑا باندھے تھیں۔ ماں جن کی عمر ۳۵ کے قریب ہو چکی تھی لمبے قد کی دبلی پتلی مگر خوب صورت تھیں۔ ستواں ناک اور باریک لب دیکھنے سے ایسا لگتا کہ وہ ہو بہو مہوا کی تصویر ہیں۔ جوانی ہی میں انھیں بیوگی کا لبادہ اوڑھنا پڑا تھا اور جب سے وہ اپنی پاکدامنی اور پارسائی کے تحفظ کی خاطر جذبات کو لو دیتی ہوئی چنگاریوں کو سرد کرنے کی کوشش میں لگی ہوئی تھیں۔ آج مدت کے بعد اس گھر میں جہاں تین پیڑھیوں سے صرف عورتیں رہتی آئی تھیں ایک اجنبی مرد کو دیکھ کر تینوں کے دل میں بیک وقت خواہش ہوئی کہ اسے مہمان بنا لیا جائے۔ کیپٹن عام فوجیوں سے الگ لمبے قد اور چوڑے شانوں کا ایک خوب صورت نوجوان تھا۔ پیانگ ملٹری اکیڈمی سے اس نے گریجویشن کیا تھا اور اس کی باتیں اور طور طریقے نہایت مہذب اور باسلیقہ تھے۔ نام اس کا لی سانگ تھا۔

''میں آپ خواتین کو کھانے پینے کے لیے زحمت نہیں دوں گا۔ مجھے صرف سونے کی جگہ چاہیے جہاں ہاتھ منہ دھو سکوں اور وقتاً فوقتاً چائے کی ایک پیالی مجھے مل جایا کرے۔''

''یہ گھر آپ کے لائق نہیں۔'' مسز وان نے کہا ''ویسے آپ کو تکلیف نہ ہو تو جب آپ شہر آئیں یہیں قیام کریں۔''

مکان تاریک تھا لیکن صاف ستھرا اور ہر چیز نہایت قرینے سے رکھی ہوئی تھی۔ فرنیچر بوسیدہ مگر خوش وضع تھا۔ لکڑیوں پر سے رنگ اڑ چکا تھا۔

جب دونوں بیواؤں نے کیپٹن کو دیکھا تھا تو سب سے پہلا خیال ان کے دل میں یہی آیا

تھا کہ ان کی مہوا کے لیے عین وقت پر ایک آدمی آگیا ہے جب کہ وہ شادی کی عمر کو پہنچ چکی ہے۔ وہ بے حد حسین اور دلکش تھی۔ ماں کی ستواں ناک اور ذہین آنکھیں اسے ملی تھیں۔ البتہ ماں جیسے نکھرے اور صاف نقوش مہوا کے نہیں تھے۔ وہ شادی کی عمر کو پہنچ چکی تھی اور اس سے شادی کرنے کے خواہاں بھی کئی تھے۔ لیکن یہ وہم بھی سبھوں کے ذہن پر حاوی ہو چکا تھا کہ وان کا یہ گھرانہ مردوں کے لیے بڑا نحس ہے۔ اس خاندان میں دو بیوائیں تو پہلے سے موجود تھیں اور دونوں کے شوہروں کی موت شادی کے فوراً بعد واقع ہوئی تھی۔ اب چونکہ لگا تار دو مرتبہ یہ نحس واقع ہو چکا تھا اس لیے تیسری بار بھی ہو سکتا تھا اس لیے جو بھی مہوا سے شادی کا ارادہ رکھتا ہے صحیح معنوں میں وہ اپنی موت کو دعوت دے رہا ہے یا خودکشی کرنے جا رہا ہے۔ ان کے پاس سوائے اس مکان کے کوئی اور جائیداد نہیں تھی اسلیے لوگ ادھر متوجہ نہیں ہوتے تھے۔ جوان لڑکوں نے مہوا میں دلچسپی لینی چاہی تھی تو ان کے والدین نے سختی سے انھیں روک دیا اور مہوا چپ چاپ بغیر منسوب کی بات چلے اب انیس سال کی عمر کو پہنچ کر ایک بھرپور دوشیزہ کا روپ دھار چکی تھی۔

کیپٹن کی آمد سے اس گھر میں نمایاں تبدیلی واقع ہوگئی۔ یہی گھر جو برسوں سے کسی مرد کی آواز سے ناآشنا تھا، اب ہر وقت مردانہ قہقہوں سے گونجنے لگا۔ کیپٹن نے مہوا میں کافی دلچسپی لینا شروع کر دی۔ بوڑھی دادی کے لیے اس کے دل میں ہمدردی اور احترام کا جذبہ کارفرما رہنے لگا جب کہ مسز وان کے لیے وہ صرف ایک بہادر، نڈر اور حسین جوان تھا۔

ایک روز کیپٹن جب کیمپ سے واپس آیا تو مسز وان اسے اندر ہال میں ملیں۔ وہاں کتابوں کی ایک الماری پڑی تھی جس میں چرمی جلد والی ضخیم کتابیں بند تھیں۔ کلاسیکی ادب کے علاوہ سستے رومان اور ڈرامے بھی۔ چند ایک بچوں کے ادب پر بھی تھیں۔ انھیں ایک نظر دیکھنے سے اندازہ ہوتا تھا کہ مدتوں سے یہ یونہی پڑی ہیں۔ کیپٹن نے ان کی طرف اشارہ کرتے ہوئے کہا۔

"آپ کے پاس تو کتابوں کا عمدہ ذخیرہ موجود ہے۔"

"آپ چاہیں تو انھیں دیکھ سکتے ہیں۔ یہ تمام کی تمام میرے شوہر کی جمع کی ہوئی ہیں۔"

مسز وان بولی۔

''اور یہ بچوں کی کتابیں کس لیے ہیں؟ جبکہ یہاں ایک بھی بچہ نہیں ہے۔''

بیوہ کے چہرے پر سرخی دوڑ گئی، ''میری تعلیم کچھ زیادہ نہیں ہے لیکن میں کمسن بچوں اور نو عمر لڑکیوں کو پڑھاتی ہوں۔''

اور یہ بالکل درست تھا۔ ''لڑکیوں کا نفسیاتی تجزیہ'' کی ایک جلد کے علاوہ ''دوسری صدی کی مورخ عورت'' یا چاؤ کی لکھی ہوئی کتاب ''عورت کے فرائض'' کی کئی جلدیں اور زیرا کونگ کی تصنیف ''خاندان کی تعمیر'' کی دو چار جلدیں موجود تھیں جنھیں چینی ادب میں کلاسیک کا درجہ حاصل تھا۔

''تو اس طرح گزر اوقات کرتی ہیں آپ! میں حیران تھا کہ آپ دونوں ماں بیٹی کا خرچ کس طرح پورا کر لیتی ہیں۔''

مسز وان ہنس پڑیں، ''انتظام تو ہو ہی جاتا ہے۔ جب مہوا کی دادی اور میں جوان تھیں تب ہم سلائی بنائی اور پھول کاڑھنے کا کام کرتی تھیں۔ اب میں گھر پر ہی پڑھایا کرتی ہوں۔ لڑکیاں آتی ہیں اور چلی جاتی ہیں۔ بعض چند مہینوں میں اپنا سبق ختم کر لیتی ہیں اور بعض سال بھر یا اس سے زیادہ عرصہ لے لیتی ہیں۔ لوگ اپنی لڑکیوں کو میرے پاس صرف اس لیے بھیجتے ہیں کہ انھیں معلوم ہے کہ میں صحیح اخلاقی تربیت دیتی ہوں جن کی ان لڑکیوں کو ضرورت ہے تاکہ وہ اچھی دلہنیں بن سکیں۔''

کیپٹن اس وقت چوشی کی کتاب ''مشہور کہاوتیں'' دیکھ رہا تھا جن میں فلسفیانہ انداز میں اخلاقیات کے درس مرتب کیے گئے تھے۔

مسز وان نے کہا، ''یہ بھی میرے مرحوم شوہر کی خریدی ہوئی ہے مگر ہم عورتوں کے لیے یہ کتاب موزوں نہیں ہے۔ میں نے کہا نا کہ میں کچھ زیادہ پڑھی لکھی نہیں ہوں۔ ایک عورت کے لیے صرف اتنی ہی تعلیم ضروری ہے جس سے وہ ایک ماں، ایک بیوی، ایک بہن، ایک بیٹی اور ایک بہو

کے فرائض کو جان سکے اور ساتھ ہی ان اصولوں سے بھی واقف ہو سکے جو اسے اطاعت، فرماں برداری اور پاکدامنی کا سبق دیتے ہیں۔''

''مجھے یقین ہے کہ جن لڑکیوں نے آپ سے تربیت حاصل کی ہوں گی وہ ان تمام اصولوں سے اچھی طرح واقف ہوگئی ہوں گی اور میں سمجھتا ہوں کہ آپ کے شوہر ایک سخت قسم کے معلمِ اخلاق واقع ہوئے ہوں گے۔''

موضوعِ گفتگو بیوہ کے لیے دکھ کا باعث تھا۔ اس لیے وہ خاموش رہیں۔ کیپٹن ان کی باتوں میں پاکیزگی اور تفاخر کا امتزاج دیکھ کر ایک طرح کی جاذبیت اور دلکشی محسوس کرنے لگا۔ اسے مسز وان کی بیٹی مہوا سے محبت تھی لیکن اس نے محسوس کیا کہ مسز وان مہوا سے کہیں زیادہ حسین ہیں اور ان میں صبر کی بے پناہ قوت ہے۔ وہ اچھی چیزوں کو سراہنا جانتی ہیں اور انھیں مطمئن ہو کر زندگی گزارنے کا سلیقہ بھی آتا ہے۔ لیکن کیپٹن کو اس بات کا علم نہیں تھا کہ خاندان میں ان بیواؤں کو اعلیٰ و ارفع مقام حاصل ہے اور خاندان والوں کی طرف سے ان بیواؤں کے لیے ''پاکدامنی کا مینار'' حاصل کرنے کی تحریک اٹھائی جا چکی ہے۔

لن چنگ سے واپسی پر کیپٹن کو پتہ چلا کہ اس مکان کے عقب میں ایک باغیچہ بھی ہے۔ ہوا یوں کہ ایک صبح جب مہوا بازار گئی ہوئی تھی کیپٹن جو نگاہیں دوڑا دوڑا کر مہوا کو تلاش کر رہا تھا مسز وان سے پوچھ بیٹھا۔

''بڑی بی کہاں ہیں؟''

''غالباً باغیچے میں ہوں گی۔ چلیں باغیچہ بھی دیکھ لیں۔'' مسز وان نے کہا۔

باغیچہ مکان کی بہ نسبت کافی کشادہ اور وسیع تھا۔ ناشپاتی کے چند درختوں کے علاوہ پھولوں کی بیلیں اور گوبھی اور لہسن کی کیاریاں بھی تھیں۔ کہیں کہیں دیگر اقسام کی سبزیاں بھی اُگی ہوئی تھیں۔ باغیچہ ہر چہار طرف سے پڑوسیوں کے مکانوں سے گھرا ہوا تھا۔ صرف پورب کی طرف پتلی گلی میں دروازہ کھلتا تھا۔ دروازہ کے پاس ہی ایک کوٹھری تھی اور کوٹھری سے ملحق مرغیوں کا باڑہ۔

بڑی بی ایک چوبی کرسی پر بیٹھی ہوئی سرما کی دھوپ کے مزے لے رہی تھیں۔ مسز وان سیاہ کپڑوں میں ملبوس، بالوں کو کنپٹیوں سے کافی اوپر باندھے ہوئے کیپٹن کے ساتھ چہل قدمی کرنے لگیں۔ ان کے چہرے پر وہی پاکیزگی اور وہی نکھار تھا اور آنکھوں میں وہی مدھم سی دلآویز چمک تھی جنھیں دیکھتے ہی کیپٹن کو یقین سا ہونے لگا تھا کہ وہ اب بھی جب چاہیں دوسری شادی کر سکتی ہیں۔

''کیا آپ خود ہی اس باغیچے کی نگہداشت کرتی ہیں؟''

''نہیں۔'' میزبان نے جواب دیا'' چانگ سب کچھ کرتا ہے۔''

''یہ چانگ کون ہے؟''

''یہ ہمارا مالی ہے۔ جب کھیرے ککڑیاں، خربوزے اور گوبھیاں تیار ہو جاتی ہیں تو وہ انھیں اچھے داموں فروخت کرآتا ہے۔ نہایت ایماندار شخص ہے اور اس کوٹھری میں سوتا ہے۔'' مسز وان نے کوٹھری کی طرف اشارہ کرتے ہوئے کہا۔

اسی لمحے مالی دروازے سے اندر داخل ہوا۔ وہ کمر تک ننگا تھا اور اس کے خوب صورت اور تنومند پٹھے دھوپ میں چمک رہے تھے۔ عمر اس کی قریب چالیس سال کی تھی اور چہرے پر کچھ ایسی تازگی تھی کہ معلوم ہوتا تھا وہ ہر قسم کے تفکرات سے آزاد ہے۔

مسز وان نے کیپٹن سے چانگ کا تعارف کرایا اور چانگ ایک سادہ لیکن دلکش مسکراہٹ کے ساتھ کنویں کے پاس چلا گیا اور کنویں سے پانی نکالنے کے بعد ڈول اور ہاتھ کی مدد سے اوک بنا کر پینے لگا۔ پانی پینے کا یہ انداز کیپٹن کو بے حد پسند آیا اور ساتھ ہی مسز وان نے بھی کیپٹن کی تائید کی۔ وہ کہنے لگیں۔

''میں نہیں جانتی کہ اس کے بغیر کس طرح گھر کا کام چل سکے گا۔ ایک پیسہ اجرت نہیں لیتا ہے۔ اسے صرف کھانا چاہیے اور سونے کے لیے کوٹھری۔ بس اس سے زیادہ اسے کسی چیز کی ضرورت نہیں ہے۔ وہ کہتا ہے کہ پیسے آخر کس لیے چاہئیں۔ وہ تنہا ہے۔ نہ بیوی نہ بچے۔ دور کا بھی کوئی رشتہ دار نہیں۔ میں نے تو صاحب اس قدر محنتی، ایماندار اور نفاست پسند شخص نہیں دیکھا۔ پچھلے سال میں

نے اسے ایک جیکٹ بنا کر دیا تھا اور جانے کتنی خوشامدیں کی تھیں جب جا کر اس نے قبول کیا تھا۔ وہ جو کچھ ہم سے لیتا ہے اس کا کئی گنا اس گھر کے لیے کرتا ہے۔"

دوپہر کے کھانے کے بعد کیپٹن پھر باغیچے میں گیا۔ چانگ اس وقت مرغیوں کے باڑے کو درست کر رہا تھا۔ کیپٹن بھی اس کا ہاتھ بٹانے لگا اور مسز وان کے متعلق اس سے گفتگو شروع کر دی۔

"آہ، کیا کہنے ہیں صاحب ان کے۔" چانگ نے کہنا شروع کیا، "یہ نہ ہوتیں تو میری ماں اتنے آرام سے اپنی عمر کو نہ پہنچ پاتیں۔ یہ سب ان ہی کا فیض ہے۔ سنا ہے کہ انھیں "پاکدامنی کا مینار" ملنے والا ہے۔ بڑی بی کے شوہر کا انتقال اس وقت ہوا تھا جب ان کی عمر بیس سال کی تھی۔ ان کے اکلوتے بیٹے کی شادی ان سے ہوئی۔ یہ بہت پرانی بات ہے۔ میں نے سنا کہ وہ بھی ایک صبح جب بالوں میں کنگھی کر رہے تھے یکایک فرش پر گر کر مر گئے۔ اس وقت مسز وان صرف اٹھارہ سال کی تھیں اور امید سے تھیں۔ آخر مہوا پیدا ہوئی۔ یہ ایک اور بدنصیبی تھی۔ لڑکا ہوتا تو گھر کا نام چلتا اور پھر آپ سمجھ سکتے ہیں کہ یہ کتنا بڑا ظلم ہے کہ ایک عورت تمام عمر بیوہ رہ کر گزار دے۔ وہ چاہتیں تو نسل قائم رکھنے کے لیے دوسری شادی کر سکتی تھیں لیکن انھوں نے ایسا نہیں کیا۔ بڑی بی نے چاہا بھی کہ اپنی بہو کے لیے کسی لڑکے کو متبنیٰ بنا لیں لیکن آپ جانتے ہیں کہ مختلف گھرانوں میں قدرت کچھ مختلف انداز میں کام کرتی ہے۔ بعض گھرانے اتنے پھلتے ہیں کہ چھ چھ سات سات اولاد ہوتی ہے اور بعض گھرانوں کا چراغ یونہی بجھ کر رہ جاتا ہے۔ لوگوں نے کہا کہ وان کا گھرانا مردوں کے لیے بڑا نحس ہے اس لیے کوئی اپنا بیٹا دینے کو تیار نہ ہوا۔ بس لے دے کر ایک مہوا رہ گئی ہے۔ کپتان! تم اس سے شادی کیوں نہیں کر لیتے؟" چانگ نے ایک سوال کر ڈالا "بڑی خوب صورت اور پیاری لڑکی ہے اور یقین ہے کہ وہ ایک نہایت اچھی بیوی ثابت ہوگی۔"

کیپٹن مالی کی زبان سے مہوا کے حسن کی تعریف سن کر مسکرایا اور پوچھنے لگا، "یہ پاکدامنی کا مینار کیا بلا ہے؟

''ارے، تم نہیں جانتے؟ اب تک شہر میں صرف دو گھرانے کو یہ مینار نصیب ہوا ہے۔ وان قبیلے کے لوگ چاہتے ہیں کہ ان کے گھرانے کو بھی یہ اعزاز مل جائے۔ انھوں نے شاہی معلم وان کو ان بیواؤں کے لیے لکھا ہے جو اسی وان گھرانے کا ایک فرد ہے۔ بڑی بی کو اپنی بیوگی برقرار رکھے ہوئے چالیس سال تو ہو چکے ہیں۔ ان لوگوں کا خیال ہے کہ شاہی معلم شہنشاہ کے پاس ان بیواؤں کے اعزاز میں مینار پاکدامنی تعمیر کروانے کے لیے ضرور درخواست دے گا۔''

''اچھا تو یہ سچ ہے؟''

''تو اور کیا کپتان۔ میں تم سے بھلا مذاق کیوں کرنے لگا؟ اور پھر یہ کوئی مذاق کی بات ہے۔ شہنشاہ خود یہ اعزاز بخشے گا اور سنا ہے کہ مینار تعمیر کروانے کے اجازت نامے کے علاوہ شاہی خزانے سے ایک ہزار ٹائیل (چاندی کا ایک سکہ) بھی ملیں گے۔ اور واقعی بڑی بی مستحق بھی ہیں۔ میری مالکن ابھی جوان اور خوب صورت ہیں۔ اب بھی کئی ایسے ہوں گے جو ان سے شادی کرنے کو تیار ہو جائیں گے۔ وہ تو اس گھرانے میں صرف بوڑھی ساس کی خدمت کے لیے رہ گئی ہیں تاکہ بڑی بی کا بڑھاپا عافیت سے کٹ جائے۔ اگر وہ شادی کر کے کہیں چلی جاتی ہیں تو بوڑھی بی تنہا رہ جائیں گی۔ آپ ان کے اس خیال کی ضرور تعریف کریں گے۔ اس کے بعد ان کی امیدیں مہوا کی شادی سے وابستہ ہیں تاکہ ان کے شوہر کا نام چلتا رہے۔''

کیپٹن لی سانگ اب پہلے سے بھی زیادہ مہوا میں دلچسپی لینے لگا۔ ڈاکوؤں کی گرفتاری سے زیادہ مقدم اب اس کی نظر میں مہوا کی گرفتاری تھی اور مہوا کی محبت کرنے کا انداز بڑا مصنوعی تھا۔ بالکل سوسائٹی گرل کی طرح جو اظہار محبت میں ذرا نہیں جھجکتی۔ مہوا جو کچھ محسوس کرتی سانگ کے سامنے اگل ڈالتی۔ اس نے کسی بھی محسوس جذبے کو چھپانے کی کوشش نہیں کی۔ یہ انداز بظاہر مصنوعی سہی لیکن سچی اور پُر خلوص محبت میں ہمیشہ ایک خاص قسم کی کشش ہوتی ہے جسے انسان صرف محسوس کر سکتا ہے۔ کیپٹن نے اس کشش کو شدت کے ساتھ محسوس کیا اور دونوں بچوں جیسی حرکتیں کرنے لگے۔ یہ دوڑ بھاگ، کھیل کود، شرارتیں، چہلیں غرض اس قسم کی تمام حرکتوں نے گھر کی دونوں بزرگ

خواتین پر ان کی محبت کو آشکارا کر دیا۔ لی سانگ کی عمر ۲۷ سال تھی اور وہ ابھی غیر شادی شدہ تھا اس لیے بڑی بی نے سوچا کہ یہ جوڑا ایک قدرتی جوڑا ہے اور قدرت نے خود ہی سارا انتظام کر دیا ہے اور یہی سوچ کر انھوں نے تمام احتیاطی تدابیر اختیار کرنی شروع کر دی تا کہ پاکدامنی کے مینار کا جو تصور ان کے ذہن میں تھا کسی طرح منہدم نہ ہونے پائے خود وہ پچھم والے کمرے میں سوتیں اور مسز وان اور مہوا کے لیے انھوں نے اندرونی حصے کے پورب والے کمرے میں انتظام کر دیا۔ جونہی رات کے کھانے سے فراغت حاصل ہوتی اندرونی حصے کا دروازہ بند کر دیا جاتا۔ مسز وان نے تو یہاں تک احتیاط برتنا شروع کر دیا کہ بستر پر جانے سے قبل اپنے کمرے کی چٹخنی بھی چڑھا کر سونے لگیں لیکن انھیں معلوم تھا کہ وہ محض اپنے آپ کو دھوکا دے رہی ہیں۔ کیپٹن جب کیمپ میں ہوتا ہے تو روز شہر سے باہر اس لڑکی سے ملا کرتا ہے۔ مہوا بھی اکثر و بیشتر سہ پہر میں گھر سے باہر چلی جایا کرتی اور رات گئے تک لوٹتی اور اس قسم کی بے ضابطگیاں انھی دنوں زیادہ عمل میں آتیں جب یہ سمجھا جاتا کہ کیپٹن شہر سے باہر گیا ہوا ہے۔

ایک روز مہوا کے لوٹنے میں کافی دیر ہوگئی۔ جولائی کا مہینہ تھا اور دن کافی لمبے تھے۔ شہر سے باہر ایک سڑک پر چلتے چلتے سانگ اور مہوا تالاب کے کنارے کنارے ایک سایہ دار راستے پر چل پڑے جو سیدھا پہاڑی کے دامن کو جاتا تھا۔ دوپہر کا سورج ٹھنڈا ہو چکا تھا اور یہ ایک نہایت خوش گوار سہ پہر تھی۔ پہاڑی پر کھڑے سرسبز و شاداب درختوں کو چھوتی ہوئی ٹھنڈی ہوا ادھر سے اُدھر دوڑ لگا رہی تھی اور تالاب سے دور ایک خوب صورت جھیل نظر آ رہی تھی۔ کیپٹن کے ساتھ بیٹھ کر مہوا نے محسوس کیا کہ اب اس کی زندگی کا خلا جاتا رہا ہے اور حیات کی تکمیل ہو چکی ہے۔ یہ دونوں ایک دوسرے سے تاعمر محبت کرتے رہنے کی قسمیں کھا چکے تھے۔

باتوں باتوں میں مہوا نے اپنی ماں کا ذکر چھیڑ دیا کہ جب وہ جوان تھیں تو ان کے حسن کا چرچا ہر ایک کی زبان پر تھا اور بیسیوں مردان سے شادی کی درخواست کر چکے تھے لیکن انھوں نے ایک ایک کر کے سب کو ٹھکرا دیا۔ اس کے بعد مہوا نے یہ کہہ کر کیپٹن کو حیرت میں ڈال دیا کہ میں اگر

ماں کی جگہ ہوتی تو کب کا دوسرا بیاہ کر چکی ہوتی۔

''تو کیا تم اپنی ماں پر فخر نہیں کرتیں؟''

''بے شک کرتی ہوں لیکن میرا خیال ہے کہ ایک عورت کو لازماً ایک مرد کے ساتھ گھر بسانا چاہیے۔ پتہ نہیں کیوں اخلاقیات کا سبق سنتے سنتے میرے کان پک گئے ہیں اور میں انھیں ایک ڈھونگ سمجھنے لگی ہوں۔''

''پھر بھی یہ ایک پارسا عورت ہی کا کام ہے کہ اس طرح پوری زندگی گزار دے۔'' سانگ نے کہا۔

''آخر عورت کس لیے پیدا کی گئی ہے۔'' مہوا نے تیزی سے کہا،''اسی لیے تاکہ شادی کرے، گھر بسائے اور اس کے بچے ہوں۔ کیوں؟ ماں کے لیے عین جوانی میں بیوہ ہو جانا کتنا اذیت ناک تھا۔ خاص کر جب ہم اتنے غریب ہیں۔ میں ان کی قدر کیے بغیر نہیں رہ سکتی لیکن......''

''لیکن کیا؟''

''مجھے ان پاکدامنی کے میناروں پر ذرا یقین نہیں آتا۔ جب میں ہوش گوش والی ہوئی تبھی سے میں نے ان کے متعلق سوچنا شروع کر دیا ہے۔ ماں ایک حوصلہ مند عورت ہیں اور اپنے خیالات میں بالکل اٹل۔''

اس کے بعد سانگ نے ''پاکدامنی کے میناروں'' کی بابت دریافت کیا جو مہوا کی ماں اور دادی کو ملنے والے تھے۔

''یوں تو مجھے خوشی ہے اگر ماں کو یہ اعزاز نصیب ہو جائے۔'' مہوا بولی،''لیکن جب ہماری شادی ہو جائے گی اور ہم یہاں سے چلے جائیں گے، اس کے بعد؟ دادی کی صحت کا بھی کیا ٹھکانہ ہے کب جواب دے جائے۔ پھر ماں یہ ایک ہزار ٹائیل لے کر کیا کریں گی۔ سونے سونے گھر میں سمجھو بیس سال اور تنہا رہ کر کس طرح گزار سکیں گی۔ یہ اعزاز اور یہ مینار کس کام کا۔ ایک روز یہی ہوگا کہ چپ چاپ مر جائیں گی اور سادھو کی لاش کی طرح انھیں کوئی دیکھنے والا بھی نہ ہوگا۔''

لی سانگ خاموش رہا۔ آخر وہ اس لڑکی سے کس طرح بحث کرسکتا تھا جسے زندگی سے بے حد پیار تھا اور جو دو بیواؤں کی ویران اور غیر آباد زندگیوں کی حصہ دار رہ کر اب حقیقت پسندانہ گفتگو کرنے لگی تھی۔

دونوں کچھ دیر خاموش رہے کہ یکایک پہاڑیوں کے پیچھے ڈوبتے ہوئے سورج کو دیکھ کر مہوا نے کہا، ''اوہو، سانگ اب تو شام ہوگئی۔ مجھے تو بھاگ کر گھر پہنچنا چاہیے۔''

غرض اسی طرح دونوں کی ملاقاتوں کا سلسلہ چلتا رہا اور کانوں کان یہ خبر پڑوسیوں کے ذریعے مسز وان تک پہنچ گئی کہ دونوں ایک ساتھ شہر سے باہر اس راستے پر دیکھے گئے ہیں جو پچھم کی سمت پہاڑی کے دامن کو جاتا ہے۔ آخر وہ کس طرح خاموش رہ سکتی تھی۔ انھوں نے ایک روز بیٹی سے سوال کر ہی ڈالا اور بیٹی نے نہایت سعادت مندی سے اپنے ''جرم'' کا اقرار کرلیا اور یہ بھی ظاہر کر دیا کہ کیپٹن نے اس سے شادی کرنے کو وعدہ کرلیا ہے۔ اتنا سننا تھا کہ ماں کا پارہ چڑھ گیا اور وہ تیز آواز میں بولیں۔

میرے وہم وگمان میں بھی نہیں تھا کہ میری اپنی بیٹی اس گھر کی ذلت کا باعث بنے گی۔ تیری دادی اور میں نے شہر میں ایک مثال قائم کر رکھی ہے اور تو نے وان گھرانے کے نام کو بٹہ لگا دیا۔ پڑوسیوں کو جب تیری ان حرکتوں کا علم ہوگا تو کیا وہ انگلی اٹھانے سے باز آجائیں گے؟ یہ میری اپنی بیٹی، اُف!''

''ہاں، مجھے نہ شرمندگی ہے اور نہ افسوس۔ بے شک میں اس سے محبت کرتی ہوں۔'' مہوا نے آنسو پونچھتے ہوئے کہا، ''میں اب جوان ہوگئی ہوں۔ تم کس طرح چاہتی ہو کہ اس خالی خولی گھر میں، میں اپنے آپ کو برباد کر ڈالوں جہاں پیار ومحبت کا نام تک نہیں ہے۔ ماں، تم جس زندگی کو پاکیزگی اور پاکدامنی کا نام دیتی ہو، مجھے اس میں سوائے خلا کے اور کچھ نظر نہیں آتا۔''

مسز وان بیٹی کے منھ سے یہ باتیں سن کر حیران وششدر رہ گئیں، ''کیا کہہ رہی ہے لڑکی؟'' انھوں نے ہانپتے ہوئے کہا۔

''ماں میں ٹھیک کہہ رہی ہوں۔'' بیٹی نے کہا، ''ماں، تم پھر شادی کیوں نہیں کر لیتیں؟ ابھی تو تم بالکل جوان ہو۔''

''تیرے منہ میں کیڑے پڑ جائیں کمبخت۔''

ایک ذہین اور مکمل طور پر تربیت یافتہ لڑکی ہی اس طرح ماں کے منہ پر سچائی کا تھپڑ رسید کر سکتی تھی لیکن اسے ذرا احساس نہ تھا کہ اس کی ماں کو کتنا دکھ پہنچا ہے اور اس کے الفاظ نے کتنے نشتر چبھو دیے ہیں اور دوبارہ شادی کرنے کا خیال کس قدر وحشت ناک، مکروہ اور غیر متوقع ہے۔

''کیا تمام عمر یہی تربیت دی ہے میں نے؟ ذرا بھی شرم وحیا کا پاس نہیں رہا تجھے؟'' اور مسز وان رونے لگیں۔

روتے روتے انھوں نے چلا چلا کر بین کرنا شروع کر دیا۔ کسے معلوم تھا کہ ایک بات، ایک فقرہ بلکہ محض ایک لفظ بعض اوقات کس قدر اثر انگیز ہوتا ہے۔ انیس سال تک برداشت کی ہوئی تمام اذیتوں کا نچوڑ آج تلخ آنسوؤں کی شکل میں آنکھوں سے رواں تھا۔ کیا کچھ نہیں برداشت کیا تھا انھوں نے! لیکن آج اپنی ہی بیٹی ان پر ہنس رہی تھی۔ ان کی تمام قربانیوں کا مذاق اڑا رہی تھی۔ ایک ایسی بیوہ ماں کا مذاق جس نے بیٹی کی تربیت ہی کو اپنا مقصدِ حیات بنایا۔ بچپن سے آج تک اس نے کسی بیوہ پر کسی کو منہ آتے نہیں سنا تھا۔ اس کی پاکدامنی کو کسی نے نہیں جھٹلایا تھا۔ بیوہ کی پاکدامنی کو جھٹلانا ایسا ہی تھا جیسے کوئی سورج کی روشنی کو جھٹلا دے اور پھر اب جب کہ وہ انیس سال نہایت خاموشی سے گزار چکی تھی، دوبارہ شادی کرنے کا خیال کتنا مہمل اور کتنا بعید از قیاس تھا۔ وہ چاہتی تو مہوا کی پیدائش کے بعد ہی دوسری شادی رچا سکتی تھی لیکن اب انیس سال گزر چکے تھے۔

اور انیس سال بعد کے اس واقعہ نے ان پر اتنا اثر کیا کہ انھوں نے پھر بیٹی کے طنز کا کوئی جواب نہ دیا۔ یہ طنز لاکھ سچا اور پر از حقیقت سہی لیکن ماں کے دکھوں کا مداوا نہ بن سکا۔ وہ چپ چاپ ہتھیلیوں میں سر کو دفن کیے روتی رہیں۔

کچھ دیر بعد ان کے آنسو تھمے اور ذہن نے ایک نیا موڑ اختیار کیا۔ مہوا اگر کیپٹن کے

ساتھ خوش رہ سکتی ہے تو اس میں کیا برائی ہے، کیا حرج ہے اگر وہ ایک جوان مرد سے ملی ہے جبکہ وہ خود جوان ہے۔لیکن......لیکن......اور ذہن الجھ کر رہ گیا۔

آخر کار مسز وان نے فیصلہ کیا کہ جب تک کیپٹن واپس نہیں آ جاتا ہے مہوا کے معاملات کا سلجھاؤ مشکل ہے۔ پھر انھوں نے سوچا کہ ممکن ہے کیپٹن شہر ہی میں ہو اور مہوا اسے آگاہ کرنے چلی جائے یا اس کے ساتھ کہیں فرار ہو جائے۔اس لیے انھوں نے مہوا کو اپنے کمرے میں بند کر کے باہر تالا ڈال دیا۔

تین دن بعد جب کیپٹن واپس آیا تو اتفاق سے اس وقت مسز وان ہی سے اس کی ملاقات ہوئی۔

''مہوا کہاں ہے؟'' آتے ہی اس نے پوچھا۔

''وہ بالکل ٹھیک ہے۔اندر ہے۔''

''باہر کیوں نہیں آتی؟''

''مجھے اسی سوال کی توقع تھی۔'' مسز وان نے ہونٹوں کو بھینچتے ہوئے کہا،''میں سمجھی کہ تم شہر ہی میں کہیں ہو گے اور حیران ہو رہے ہو گے کہ وہ تمھارے ساتھ اٹھکھیلیاں کرنے کیوں نہیں گئی؟''

''اٹھکھیلیاں کیسی؟'' سانگ نے حیرت سے پوچھا،''میں تو آج ہی صبح شہر آیا ہوں۔''

''بہانے بنانے کی ضرورت نہیں ہے۔میں سب جان گئی ہوں۔'' مسز وان کے لہجے میں غم وغصہ کی آمیزش تھی۔

کیپٹن خاموش رہا۔اتنے میں گھر کے پچھواڑے سے مہوا کے چلانے کی آواز سنائی دی۔

''مجھے باہر آنے دو۔سانگ میں...... میں یہاں ہوں۔ مجھے بچاؤ سانگ، باہر نکالو سانگ۔''

''یہ سب کیا ہو رہا ہے؟'' سانگ چلایا اور دوڑتا ہوا اندر گھس گیا۔مقفل دروازے کے دھڑ دھڑانے کی آواز قریب ہوتی جا رہی تھی۔مسز وان نے بھی اندر ہال تک کیپٹن کا پیچھا کیا۔بڑی بی

بھی اپنے کمرے سے نکل پڑیں اور آہستہ آہستہ قدم اٹھاتی ہوئی کیپٹن تک گئیں اور ڈبڈبائی آنکھوں سے دیکھتی ہوئی بولیں۔

''بیٹا، کیا تم اس سے شادی کرو گے؟''

سانگ نے حیرت سے اپنا سر جھکا لیا، وہ اب تمام باتیں سمجھ گیا تھا۔ اندر مہوا چلاتی رہی۔

''سانگ، سانگ مجھے باہر نکالو۔''

''بے شک میں اس سے شادی کروں گا۔ اب آپ لوگ دروازہ کھولیں گی یا نہیں؟''

دروازہ کھول دیا گیا اور مہوا کیپٹن کی آغوش میں آ گری۔ ''مجھے اپنے ساتھ لے چلو سانگ۔ اپنے ساتھ لے چلو۔''

اب ماں کی حالت غیر تھی اور وہ دھاڑیں مار مار کر رونے لگیں۔ کیپٹن نے معذرت چاہی، ہاتھ جوڑے اور بار بار کوشش کی کہ کسی طرح مسز وان کا رونا دھونا کم ہو جائے۔ اس نے سارے الزامات اپنے سر لیے لیکن ایسا معلوم ہوا کہ انھیں کیپٹن کے معافی مانگنے یا مہوا کے رونے چلّانے سے کوئی تعلق نہیں ہے۔ وہ بس روتی رہیں جس کا سبب کیپٹن کی سمجھ میں نہ آ سکا۔ اپنی ساری کوشش رائیگاں دیکھ کر کیپٹن اداس ہو گیا، اس وقت اس کے ذہن میں مہوا سے شادی کرنے کے خیال کے علاوہ کوئی اور خیال نہ تھا۔ اس نے قسمیں کھا کھا کر ماں کو یقین دلانا شروع کیا کہ وہ ضرور مہوا سے شادی کرے گا۔

آخر چند روز بعد حالات بدل گئے۔ ماں کے دل میں بیٹی کی محبت جاگ اٹھی اور بیٹی کی خوشی کو وہ اپنی خوشی محسوس کرنے لگیں۔ کیپٹن کے وعدے کا ساتھ کیپٹن کے گھر والوں نے بھی دیا اور ان کی شادی کی بات طے پانے کے بعد جملہ انتظامات تکمیل پا گئے اور کسی قدر عجلت کے ساتھ مہوا کیپٹن سے بیاہ دی گئی۔

کائنات میں غالباً صرف انسانی ذہن ہی ایک ایسی شے ہے کہ جس کے بارے میں قطعی طور پر کوئی رائے قائم نہیں کی جا سکتی ہے کہ ایک پل میں یہ کیا صورت اختیار کر لے گا۔ مہوا کی شادی

کے بعد مسز وان کے ذہن کے ساتھ بھی کچھ ایسا ہی ہوا۔ وہ ایک عظیم ذہنی انقلاب سے دوچار ہو گئیں۔

تین ماہ بعد بڑی بی دنیا سے رخصت ہو گئیں۔ کیپٹن تنہا تجہیز و تکفین میں مسز وان کی مدد کو آیا۔ مسز وان نے اسے بتایا کہ وان گھرانے کے مورث اعلیٰ آئے تھے۔ انھوں نے شاہی معلم کا وہ خط بھی دکھایا تھا جس میں انھوں نے وعدہ فرمایا ہے کہ وہ پاکدامنی کے مینار کے لیے ضرور سفارش کریں گے اور اب گویا یہ یقینی امر ہے کہ اس گھرانے کو یہ مینار مل جائے گا۔ خاندان کے تمام افراد یہ خبر سن کر بے حد مسرور ہیں اور انھوں نے ان بیواؤں کو ''پاک دیویاں'' کے نام سے موسوم کرنا شروع کر دیا ہے جو بذات خود ایک بہت بڑا اعزاز ہے۔

مسز وان نے یہ تمام باتیں اپنے داماد کو سرسری طور پر کہہ ڈالیں جن کے اظہار میں نہ کسی قسم کا جذبہ تھا اور نہ خوشی کا بلکہ کہیں کہیں پر تو انھوں نے شک و شبہ کا بھی اظہار کیا تھا۔

''یہ تو بڑی خوشی کی بات ہے۔'' کیپٹن سانگ نے کہا،'' کیا آپ خوش نہیں ہیں؟''

''کیا معلوم۔ کہو مہوا کیسی ہے؟''

کیپٹن نے خوشخبری دی کہ جلد ہی ولادت ہونے والی ہے اور ماں مارے خوشی کے تھر تھر کانپنے لگی۔

''ارے تو اتنی دیر بعد کیوں بتایا؟ یہی تو ایک خاص خبر ہے!''

''مگر مینار کے آگے اس کی کیا اہمیت ہے۔'' کیپٹن نے کہا۔

''مینار!'' مسز وان نے حقارت آمیز لہجے میں کہا،'' چھوڑو ان باتوں کو۔''

اس غیر معمولی اعزاز کی بابت مسز وان کا رویہ دیکھ کر کیپٹن بے حد متحیر ہوا۔ اسے مہوا کی باتیں یاد آنے لگیں جو اس نے کبھی اپنی ماں کے متعلق کہی تھیں کہ تقریباً بیس برس کی قید تنہائی میں یہ اعزاز ان کے کس کام آئے گا؟ تو کیا انھوں نے بھی اسی زاویے سے سوچنا شوع کر دیا ہے؟ کیپٹن کے ذہن میں یہی سوال بار بار ابھرنے لگا۔

''تمھارا خیال ہے میں اسے قبول کرلوں؟'' یکا یک مسز وان نے اسی موضوع کی طرف پلٹتے ہوئے پوچھا۔

''یہ حماقت ہوگی اگر اسے نہ......'' کیپٹن کی آواز گلے میں رندھ گئی اور اس نے قدرے توقف کے بعد کہا،'' بے شک مینار کی منظوری مل جائے گی تو آپ کی بیوگی کو اعلیٰ وارفع مقام حاصل ہو جائے گا اور آپ امر ہو جائیں گی۔''

تجہیز و تکفین کے بعد مسز وان واپس گھر چلی آئیں جہاں ماتمی جھنڈیوں اور دروازے کے پردوں نے ایک ہیبت سی طاری کر رکھی تھی اور اب گھر میں ایک گمبھیر سناٹا تھا اور مسز وان کے ذہن میں الجھاؤ پیدا کرنے کے لیے وقت کے لامتناہی سلسلے......وہ جس قدر اپنے مستقبل کے بارے میں سوچتی اسی قدر ان کی پریشانیوں میں اضافہ ہوتا جاتا۔ ابھی چند مہینے پیشتر کی تو بات تھی کہ بڑی بی، ان کی بیٹی مہوا اور کیپٹن نے اپنے جاں فروز قہقہوں سے گھر میں زندگی کی لہر دوڑا رکھی تھی لیکن اب......؟ اب تو تابڑتوڑ کئی واقعے، کئی حادثے گزر چکے تھے۔ مہوا کا رومان، اس کی شادی، بڑی بی کی موت اور شہرت و عزت کی یہ ہولناک بلندی......اور......اور......

چانگ اپنی مالکن کو اداس و غمگین دیکھ کر اور بھی پھرتیلا ہو گیا۔ اب تو وہ مہوا کی جگہ بازار سے سودا سلف بھی لانے لگا اور سبزیاں فروخت کر کے اس نے آمدنی کی ایک صورت بھی پیدا کردی۔ غرض یہ کہ تمام گھریلو تفکرات سے اس نے اپنی مالکن کو نجات دلا دی اور باہر کی دنیا سے جس قسم کی ضرورت پیش آتی وہ اسے پورا کرنے کی کوشش کرتا رہتا۔

مسز وان باورچی خانے سے اپنے اس ایماندار، محنتی اور وفا شعار مالی کو کام کرتے ہوئے دیکھا کرتیں اور کبھی کبھی تنہائیوں سے اکتا کر وہ باتیں کرنے باغیچے میں بھی چلی جایا کرتیں۔ باغیچہ ہر چہار طرف سے گھرا ہوا اور بند تھا۔ پڑوسی انھیں کسی صورت میں بھی نہیں دیکھ سکتے تھے۔ اس طرح دونوں کے درمیان ایک طرح کا دوستانہ پیدا ہو گیا۔ آخر دونوں ہی تنہائی کے ڈسے ہوئے تھے۔

اسی درمیان میں خاندان کے مورث اعلیٰ تجہیز و تکفین کے لیے شاہی معلم کی طرف سے سو

ٹائٹل کا عطیہ لے کر آ گئے اور اب مینار اور ایک ہزار ٹائٹل کی منظوری میں کسی قسم کے شبہے کی گنجائش نہیں رہی تھی۔ تمام کاغذات مکمل ہو چکے تھے۔

مورث اعلیٰ جب واپس چلے گئے تب چانگ نے اپنی مالکن کو مبارکباد دی اور بے پناہ فخر محسوس کرنے لگا۔ اس کے ذہن میں محض ایک ہی خیال تھا کہ اس کی مالکن اب جلد ہی شہر کی ایک نمایاں اور معزز خاتون مشہور ہو جائیں گی۔

ان سب کے باوجود مسز وان کا ذہن پرسکون اور مطمئن تھا۔ بار بار ایک خیال ان کے ذہن پر ٹھوکے دیتا رہتا اور بار بار وہ اس خیال کے اظہار کے لیے باغیچے چلی جاتیں مگر صرف سبزیوں کے متعلق پوچھ گچھ کر کے رہ جاتیں۔ ہر مرتبہ پچھلے برسوں کی تمام تپسیا اور پارسائی و پاکدامنی آڑے آتی اور یہ پریشان کن خیال الفاظ کی صورت اختیار نہ کر پاتا۔ چانگ جو ایماندار اور وفا شعار تھا اپنی مالکن کو عورت ہی نہیں گردانتا تھا، وہ تو انھیں دیوی سمجھتا تھا۔ محض دیوی، جو پاک اور مقدس تھی۔

مہوا کے یہاں جب بچی پیدا ہوئی تو دونوں میاں بیوی نومولود کو لے کر مسز وان کے پاس آئے۔ مسز وان نے جب اپنی نواسی کو دیکھا تو بے ساختہ اسے گود میں لے لیا اور اس بھولی سی چینی کی گڑیا کو اپنی چھاتی سے لگا کر زندگی کی بھرپور حرارت محسوس کرتی رہیں۔ آج برسوں بعد ان کی گود میں ایک بچی ہمک رہی تھی اور مسز وان اس کم عمری میں نانی بن جانے پر بے حد خوش تھیں۔

''آج تم دونوں میاں بیوی کو دیکھ کر میری خوشی کا کوئی ٹھکانہ نہیں اور تم بھی یقیناً اپنی بچی اور اپنے شوہر پر انتہائی فخر محسوس کر رہی ہو گی۔''

مہوا کی آنکھوں میں آنسو آ گئے۔ اس نے سوچا اب ماں کے دل میں انسانی ہمدردی خوب بھر گئی ہے اور انھوں نے یقیناً اسے معاف کر دیا ہے لیکن اسی دن اس نے ماں کو تنہائی میں بیٹھی ہوئی فکرمند دیکھ کر یہ اندازہ لگایا کہ ماں کے چہرے پر اب وہ اگلا سا اطمینان نہیں ہے بلکہ تفکرات کی گہری لکیریں نمایاں ہو گئی ہیں۔

اور اسی دن کیپٹن کو وہ ذہنی دھچکا لگا جس نے ساری کایا پلٹ دی۔ ہوا یوں کہ جب وہ

باغیچے جا رہا تھا اس کی نظر چانگ پر پڑ گئی جو اس وقت زمین کھود رہا تھا۔ چانگ اسے دیکھتے ہی اپنی کوٹھری میں لے گیا جہاں وہ سویا کرتا تھا۔ کیپٹن کو حیرت تو ضرور ہوئی لیکن وہ چانگ کی صورت دیکھنے لگا جس میں بیک وقت مسرت بھی تھی اور الجھاؤ بھی۔

''کپتان، میں ایک جاہل آدمی ہوں۔ مجھے مشورہ دو کہ میں آخر کیا کروں؟'' چانگ کہنے لگا۔

''کس بارے میں؟''

''اپنی مالکن کے بارے میں۔'' چانگ نے قدرے توقف کے بعد کہا۔

''کیا کوئی خاص مصیبت آن پڑی ہے؟''

''نہیں کپتان یہ بات نہیں ہے بلکہ اس معاملے میں صرف تم ہی مشورہ دے سکتے ہو کہ آخر کروں تو کیا کروں؟''

''تو تمھارا اس معاملے سے تعلق ہے کیا؟''

''ہاں۔''

''پھر تو پوری بات بتانی چاہیے کہ میرے یہاں سے جانے کے بعد تم دونوں کے درمیان کون سی بات پیدا ہو گئی؟''

مالی نے آہستہ آہستہ پوری بات بتانی شروع کر دی اور جوں جوں اصل واقعہ سامنے آتا گیا کیپٹن کی قوت سامعہ جواب دینے لگی جیسے وہ مزید سننا نہیں چاہتا ہو یا جو کچھ سن چکا ہے اس پر اسے قطعی اعتبار نہ آ رہا ہو۔

گرمیوں کی ایک رات تھی اور چانگ صرف تہبند باندھے چٹائی پر لیٹا ہوا تھا کہ اسے اپنی مالکن کے پکارنے کی آواز سنائی دی، ''چانگ!'' چاند اس وقت مغربی آسمان پر نہایت آب و تاب سے چمک رہا تھا اور روپہلی کرنیں ٹھیک چانگ کے بستر پر رقصاں تھیں۔ چانگ نے سر اٹھا کر دروازے کی طرف نگاہ کی تو دیکھا کہ مالکن کھڑی ہیں۔ وہ انھیں دیکھتے ہی ہڑبڑا کر اٹھ کھڑا ہوا اور

مالکن سے جا کر دریافت کیا کہ کہیں کوئی کام تو نہیں ہے اس وقت۔

''نہیں۔'' مسز وان نے کہا۔'' تم واقعی بڑی گہری نیند سوتے ہو۔ میں نے مرغیوں کے چیخنے چلّانے کی آواز سنی تو سمجھی کہ کہیں کوئی جنگلی بلّا انھیں ہڑپ کرنے نہ آ گیا ہو۔''

مرغیوں کے باڑے تک پہنچنے کے لیے مسز وان کا لازماً چانگ کی کوٹھری کے قریب سے ہو کر گزرنا تھا۔ س وقت رات کے تین بج چکے تھے اور تمام گھاس شبنم سے بھیگ چکی تھی۔

''جا کر سو جاؤ چانگ۔'' مسز وان نے کہا،'' کہیں تمھیں سردی نہ لگ جائے۔ بغیر جیکٹ کے باہر کھڑے رہنا ٹھیک نہیں ہے۔''

لیکن چانگ اپنی مالکن کے اصرار کے باوجود انھیں باورچی خانے تک چھوڑنے آیا۔ واپس آ کر وہ دیر تک سوچتا رہا کہ آج تک مرغیوں کے چیخنے کی آواز اس نے نہیں سنی۔ جنگلی بلّے تو آتے ہی رہتے ہیں لیکن مرغیوں کا باڑا نہایت محفوظ ہے۔

دوسرے دن پھر مالکن نے ہدایت دی،'' مرغیوں کے باڑے کو نہایت مضبوطی سے بند رکھا کرو تا کہ کوئی چیز اندر نہ جا سکے۔''

''آپ مطمئن رہیں۔'' چانگ نے کہا۔

تیسری رات کو خلاف توقع مرغیوں کے ساتھ آخر یہ حادثہ پیش آ ہی گیا کہ ایک موٹی سیاہ مرغی بلّے کی نذر ہو گئی۔ چانگ کی آنکھ کھل گئی اور اس نے محسوس کیا کہ کوئی اس کے جسم پر چادر ڈال رہا ہے اور اب اسے جھنجھوڑنے لگا ہے۔

''کیا بات ہے؟'' وہ اٹھ بیٹھا۔ دیکھا تو یہ مالکن تھیں۔

''ابھی ابھی جنگلی بلّا دیوار پر سے گیا ہے۔''

چانگ پھرتی سے جیکٹ پہن کر مالکن کے ساتھ ہو گیا اور دونوں جائے وقوعہ کا معائنہ کرنے چل پڑے۔ باڑے میں ایک جگہ بہت بڑا سوراخ تھا۔ مالکن نے انگلی سے اس جگہ کی طرف اشارہ کیا جہاں انھوں نے بلّے کو دیکھا تھا۔ وہ دیر تک بلّے کے پیروں کے نشان ڈھونڈتے رہے لیکن

کہیں نشان نہ ملا۔ البتہ دیوار کے پاس پھولوں کی کیاری میں موٹی کالی مرغی مردہ پڑی تھی۔ گردن کے پاس گہرا زخم تھا۔ چانگ اپنی لاپرواہیوں کی معذرت چاہنے لگا لیکن مسز وان نے نہایت نرمی سے کہا۔

"کوئی بات نہیں۔ اپنا کیا نقصان ہوا، میں اسے کل کھانے کے لیے پکا سکتی ہوں۔"

"ایک بات پوچھوں؟" چانگ نے کہا، "آپ رات کو سوتی نہیں ہیں کیا؟"

"ہاں میں اکثر جاگتی رہتی ہوں۔ علاوہ اس کے نیند بھی میری بڑی ہلکی ہے۔ میں نیند میں بھی اچھی طرح سے دھیمی آواز سن سکتی ہوں۔"

بعد ازاں دونوں مالی کی کوٹھری تک گئے لیکن مسز وان دروازے ہی پر کھڑی رہیں۔ چانگ نے دیکھا کہ مالکن کے لباس اور ناخنوں پر خون کے دھبے پڑے ہوئے ہیں۔ اس نے مری ہوئی مرغی کو فرش پر پھینک دیا اور مالکن کے ہاتھ دھونے کے لیے پانی لے آیا۔ وہ جب ہاتھ منہ دھو چکیں تب چانگ نے دریافت کیا کہ آپ اس وقت چائے پئیں گی یا ......؟"

پہلے تو مالکن نے انکار کیا لیکن دوسرے ہی لمحے وہ تیار ہوگئیں۔

"وہیں آپ کے کمرے میں لیتا آؤں؟" چانگ نے پوچھا۔

"نہیں یہیں ٹھیک ہے۔"

"بس ابھی لایا۔"

"جلدی کرنے کی ضرورت نہیں ہے۔" مسز وان بولیں اور چانگ کے بستر پر بیٹھ گئیں۔ چٹائی اور چادر کے کھردرے پن کو محسوس کرتے ہوئے انھوں نے کہا۔

"چانگ مجھے علم نہیں تھا کہ تمھارے پاس اچھی چادر نہیں ہے۔ کل ایک عمدہ چادر مجھ سے لے لینا۔"

دوسرے دن جب کھانے پر مرغی لائی گئی تو پھر انھوں نے چانگ کو جنگلی بلے کے متعلق بتایا۔ "باڑے کا وہ سوراخ بند کر دیا کہ نہیں؟"

''جی ہاں۔''

''سمجھ لو وہی بلا آج پھر آئے گا۔''

''کیوں؟ آپ کو کس طرح معلوم ہوا؟''

''اس لیے کہ رات وہ اپنی کوشش میں کامیاب نہیں ہوسکا تھا۔ تھا بڑا بزدل جبھی تو آہٹ پاتے ہی شکار چھوڑ کر بھاگ گیا۔ وہ اب چوزوں پر حملہ کرے گا اور وہ اچھی طرح جانتا ہے کہ چوزے کہاں رہتے ہیں۔ وہ اگر سمجھ دار ہوا تو آج رات پھر آئے گا۔''

''چنانچہ میں نے تہیہ کر لیا کہ آج تمام رات جاگ کر گزاروں گا۔'' مالی نے واقعے کا تسلسل قائم رکھتے ہوئے کہا۔ ''اور کمبخت بلے کو پکڑ کر رہوں گا۔ سرِ شام ہی لیمپ کو دھیما کر کے جھاڑیوں کے پیچھے تپائی پر بیٹھ گیا۔ ہاتھ میں ایک موٹی سی لاٹھی بھی رکھ لی جو کسی بھی بلے کا بھیجا باہر نکال سکتی تھی۔ چاند سر پر سے ہوتا ہوا پچھم کی طرف اترتا جا رہا تھا لیکن اب تک کسی بلے کا پتہ نہیں تھا۔ مجھے جھپکی سی آنے لگی اور میں ارادہ ہی کر رہا تھا کہ اپنی کوٹھری میں چلا جاؤں، اسی اثناء میں مالکن کی دھیمی آواز سنائی دی اور میں ٹھٹھک گیا۔'' چانگ!''

میں نے مڑ کر دیکھا تو سامنے مالکن سر سے پیر تک سفید لباس میں میری جانب بڑھ رہی ہیں۔ مجھے ایسا محسوس ہوا جیسے ماکو پری اپنے محل سے باغ کی سیر کو نکلی ہے۔ قریب آ کر انھوں نے آہستہ سے کہا، '' کچھ دیکھا تم نے؟''

''نہیں تو۔'' میں نے جواب دیا۔

''آؤ تمھاری کوٹھری میں چل کر انتظار کریں۔'' انھوں نے کہا۔

''وہ رات زندگی کی تمام راتوں سے سہانی اور پیاری رات تھی کپتان! ہم دونوں اس کوٹھری میں بیٹھے تھے جبکہ سارا عالم نیند میں ڈوبا ہوا تھا۔ اسی صبح انھوں نے مجھے نئی چادر دی تھی جو اس قدر سفید تھی کہ میں اس پر بیٹھ کر اسے خراب کرنا نہیں چاہتا تھا۔ پھر بھی ہم وہاں بیٹھے کھڑکی سے آتی ہوئی چاند کی روپہلی کرنوں کو دیکھتے رہے۔ مجھے ایسا محسوس ہوتا رہا کہ جیسے ہم ایک دوسرے کو برسہا

برس سے جانتے چلے آئے ہیں۔ ہم وہاں بیٹھ کر دنیا جہان کی باتیں کرتے رہے بلکہ یوں کہا جائے کہ مالکن ہی دنیا بھر کی باتیں پوچھتی رہیں۔ باغیچے سے لے کر زندگی اور زندگی کی تمام مصیبتوں اور مسرتوں کے بارے میں پوچھ گچھ کرتی رہیں۔ آخر میں انھوں نے میری پچھلی زندگی کے بارے می بھی پوچھنا شروع کر دیا اور یہ بھی پوچھا کہ میں نے اب تک شادی کیوں نہیں کی۔ میں نے یہی کہا کہ میں بیاہتا زندگی کے خرچے پورے نہیں کر سکتا۔

''اور اگر خرچ پورا ہو جائے تو کیا شادی کر لو گے؟'' مالکن نے کہا۔

''ہاں ضرور۔'' میں نے کہا اور مالکن پر جیسے بے حسی طاری ہوگئی۔ چاند کی روشنی میں ان کا زرد چہرہ اور جواہر کی طرح چمکتی آنکھیں مجھے ایسی لگیں کہ یہ مالکن نہیں بلکہ کوئی آسمانی شے زمین پر اتر آئی ہے۔ میں خوفزدہ سا ہو گیا۔

''کیا آپ واقعی مالکن ہیں یا ماکو پری جو اپنے سفید لباس میں چاند کی کرنوں کے ساتھ اتر آئی ہے۔'' میں نے پوچھا۔

''چانگ احمق نہ بنو۔ میں پری وری نہیں ہوں۔''

لیکن مجھے وہ اور بھی غیر حقیقی معلوم ہونے لگیں۔

''اس طرح کیوں گھور رہے ہو۔ میں واقعی ایک عورت ہوں، مجھے چھو کر دیکھو۔'' انھوں نے اپنا بازو میری طرف بڑھا دیا۔

میں نے اسے چھوتے ہی محسوس کیا کہ ان کے جسم میں کپکپی دوڑ رہی ہے۔

''معاف کیجئے میں نے خواہ مخواہ آپ کو خوفزدہ کر دیا۔ یقین مانیے ایک لمحے کے لیے مجھ پر عجیب سی کیفیت طاری ہوگئی۔ میں سمجھا کہ واقعی ماکو پری زمین پر اُتر آئی ہے۔''

''تو کیا میں واقعی اتنی حسین ہوں چانگ؟'' انھوں نے کہا، ''خدا کرے میں تمام عمر ایسی ہی رہوں۔ اچھا یہ بتاؤ کیا ماکو پری بھی اس دنیا کے انسانوں کی طرح محبت یا شادی کرتی ہے؟''

''مجھے کیا پتہ۔ میں نے تو ماکو پری کو کبھی دیکھا ہی نہیں ہے۔''

''اس کے بعد انھوں نے ایک ایسا سوال کیا کہ میں حیران رہ گیا۔' آج رات اگر ماکو پری تمھارے پاس آ جائے تو کیا تم اس سے محبت کروگے؟ یا یہ کہ مجھے تم کس روپ میں پسند کروگے، ماکو پری کے روپ میں یا محض ایک عورت کے روپ میں؟''

''کیوں مذاق کرتی ہیں مالکن۔ میں کس طرح ایسی جرأت کر سکتا ہوں۔''

'نہیں بالکل سچ کہہ رہی ہوں۔ کیا تمھیں خوشی نہیں ہوگی اگر ہم دونوں...... مہوا اور کیپٹن کی طرح...... میاں بیوی بن کر بقیہ زندگی گزار دیں؟''

''مالکن کیا کہہ رہی ہیں آپ؟ اور اس مینار کا کیا ہوگا؟''

''چھوڑو مینار وینار کو۔ میں صرف تمھیں چاہتی ہوں۔ ہم نہایت ہنسی خوشی زندگی کے دن گزار سکیں گے۔ مجھے لوگوں کے طعنوں کی کوئی پرواہ نہیں ہے۔ میں بیوگی کے پورے بیس سال گزار چکی ہوں اور یہ بہت ہے۔ مینار کے لیے اور دوسری عورتیں پیدا ہو جائیں گی۔'' اتنا کہہ کر انھوں نے مجھے چوم لیا۔

''اور اب کپتان بتاؤ کہ میں کیا کروں؟'' چانگ نے کہانی ختم کرتے ہی پوچھا،'' میں کیسے اس گھرانے کی بڑائی کو مٹی میں ملا دوں لیکن مالکن کا اصرار ہے کہ سب کچھ ٹھیک ہو جائے گا۔ انھوں نے ابھی ابھی مجھ سے شادی کرنے کو کہا ہے۔ ذرا غور کرو۔ یہ مالکن کا اصرار ہے۔ انھوں نے کہا ہے کہ وہ میرے ساتھ تمام عمر خوش رہ سکیں گی اور میں اسی طرح گھر کی تمام ذمہ داریاں سنبھالے رہوں گا جیسا کہ اب سنبھال رہا ہوں۔ بتاؤ کپتان، کیا کروں؟''

کیپٹن لی سانگ کے ذہن میں چانگ کی تمام باتیں دھیرے دھیرے اتر چکی تھیں۔ اس نے ایک ایک فقرہ اور ایک ایک لفظ کو گرفت میں لینے کی کوشش کی تھی اور اب جبکہ پھر چانگ نے اپنا سوال دہرایا تو ذہن پر کافی بوجھ محسوس کرنے کے بعد اس نے کہا۔

''کیا کروں؟ ارے گدھے شادی کر ڈالو اور کیا!''

اس نے آناً فاناً مہوا کو خبر دی اور مہوا بلا تامل کہہ اٹھی۔

''یہ تو نہایت خوشی کی بات ہے۔'' پھر اس نے آہستہ سے شوہر کے کان میں کہا،'' ضرور ماں ہی نے وہ مرغی ماری ہوگی اور میرا خیال ہے کہ چانگ جیسے مرد کے لیے پاکدامنی کا مینار نصب ہونا چاہیے۔''

رات کے کھانے کے بعد کیپٹن نے مسز وان کو مخاطب کرتے ہوئے کہا۔

''ماں میں سوچتا رہا ہوں کہ یہ ہماری بچی آپ کے لیے سخت مایوسی کا باعث بنی ہوگی۔ اب پتہ نہیں کب ہمارے یہاں بیٹا ہوگا جو وان گھرانے کا نام چلا سکے گا۔''

مسز وان نے اوپر سر اٹھا کر کیپٹن کی طرف دیکھا اور کیپٹن اسی طرح سر جھکائے نگاہیں زمین پر جمائے آہستہ آہستہ کہتا گیا،'' آپ اسے مذاق میں نہ لیں کہ میں آپ کے متعلق یہی سوچتا رہا ہوں کہ بڑی بی کی موت کے بعد آپ بالکل تنہا رہ گئی ہیں۔ کس طرح آپ تمام عمر کاٹ سکیں گی۔ چانگ ایماندار شخص ہے۔ آپ اگر اجازت دیں تو میں اس سے بات کروں۔ میں سمجھتا ہوں کہ آپ سے شادی کر کے وان گھرانے کا نام اختیار کرنے پر فخر محسوس کرے گا۔''

مسز وان سر سے پاؤں تک کانپ گئیں اور ان کا چہرہ تمتما اٹھا۔ صرف اتنا کہہ سکیں۔

''ہاں، وان گھرانے کا نام۔'' اور دوڑ کر اپنے کمرے کی طرف بھاگ گئیں۔

اور جب مالی سے ان کی شادی ہوگئی تب خاندان والوں کی عظمت کا مینار زمیں بوس ہو گیا۔ مورث اعلیٰ صرف اتنا کہہ سکے۔

''عورت، عورت ہے۔ اس کے متعلق کچھ نہیں کہا جا سکتا۔''

(Writer: Anonymous)

ساؤتھ پیسفک کا افسانہ

ہماری ہیروئن

نرس نیلی فوربش کے لیفٹیننٹ ہربی سن کو شادی کی تجویز پیش کیے جانے کے دو ہفتے بعد اسے لٹل راک ارکنساس سے ایک اخبار کا تراشا موصول ہوا۔ دیہی خبروں کے لیے مختص کیے گئے حصے پر یونیفارم میں اس کی ایک بڑی اور خوب صورت تصویر شائع ہوئی تھی۔ سرخی تھی: ''ہماری ہیروئن امریکی زخمیوں کی امداد کے لیے نیو ہبر ائڈ پانچ گئی۔''

نیلی نے اخبار میں مسکراتی ہوئی اپنی تصویر دیکھی۔ تب وہ زیادہ جوان تھی اور اپنے آپ پر کہیں زیادہ اعتماد تھا۔ آٹھ دن کے سفر میں وہ سمندر زدہ نہیں ہوئی تھی۔ جب وہ تصویر لی گئی تھی تب وہ نہ تو کیچڑ والے علاقے میں رہتی تھی، نہ گھٹیا خوراک کھاتی تھی اور نہ بدبودار مچھر دانی میں سوتی تھی اور نہ دل کسی طرح کی تنہائی میں مبتلا تھا۔ غرض یہ کہ رات اور دن ایک ہی جیسے تھے۔

نہیں۔ وہ ایک خوش باش لڑکی تھی جب اس نے تصویر کے لیے پوز دیا تھا۔ وہ لٹل راک اپنی ماں اور چارلی بنی ڈکٹ کے ساتھ گئی تھی۔ دونوں کو اس پر فخر تھا۔ ماں کو اس لیے کہ وہ نئی یونیفارم میں اتنی خوب صورت اور محب وطن نظر آتی تھی اور چارلی کو اس لیے کہ وہ شادی کی آس لگائے تھا۔

جب تصویریں نیلی کو دی گئیں تب چارلی غیر متوقع طور پر اداس تھا، ''تم خوب صورت ہو۔'' اس نے کہا، ''تم کبھی واپس نہیں آؤ گی۔''

''میں دنیا دیکھنا چاہتی ہوں چارلی۔'' اس نے جواب دیا تھا، ''میں دوسرے لوگوں سے

ملنا چاہتی ہوں۔ میں دیکھنا چاہتی ہوں کہ دنیا ہے کیسی۔ تب جب جنگ ختم ہو جائے گی میں واپس آ جاؤں گی۔'' نہ تو اسے نہ چارلی کو یقین تھا کہ ایسا ہو سکے گا۔

نیو ہیبر ائڈ میں اسے بہت سے لوگ ملے۔ بہت زیادہ لوگ۔ اکثر وہ سو مردوں میں اکیلی لڑکی ہوتی جن میں زیادہ لوگ اس سے محبت کرنا چاہتے تھے لیکن نیلی کا یہ مقصد نہیں تھا جب اس نے کہا تھا کہ وہ دنیا دیکھنا چاہتی ہے۔ معلوم کرنا چاہتی ہے کہ وہ کس طرح رہتے ہیں اور کیسے خواب دیکھتے ہیں۔ چھوٹی چھوٹی دلچسپ باتیں جنھیں وہ تجربے کے طور پر جمع کر سکتی۔

یہ اس کے دل کی طلب تھی جو اتنے سارے ہم عمر لوگ نئے خیالات اور گہرے شعور کی تلاش میں اس کے پاس آ جاتے تھے۔ تاہم بحریہ کی ایک سالہ زندگی کے آخر میں صرف ایک ایسی ملی جو اس کے خیالات اور تجربات میں شریک ہونے کو تیار ہوئی۔ وہ تھی ڈینا کلبرٹ۔ دونوں کو احساسات، خیالات اور تجربات کے تانے بانے کی شدید خواہش تھی۔ وہ اور ڈینا دونوں حقیقت پسند تھیں لیکن اس اعلیٰ معیار کی جس میں رمزیت شامل ہو اور کچھ اس طرح کی باتیں ہوں جو خالص ذہانت کی پہنچ سے بھی آگے ہوں۔

اسے افسوس ہوا جب ڈینا کو شمال میں ایک نئے ہسپتال کے قیام میں مدد کے لیے جانے کا حکم ملا۔ ڈینا کے جانے سے ایک رات قبل دونوں باتیں کرتی رہیں۔ دونوں بے چارے مگر خوبرو ہربی سن پر ہنستی رہیں۔ انھوں نے سن رکھا تھا کہ وہ پیتا بہت ہے۔ نیلی نے ڈینا کو بتا دیا تھا کہ کس طرح اس نے اسے شادی کی تجویز پیش کی تھی اور اس نے انکار کر دیا تھا۔ ڈینا کو یاد آیا کہ حال ہی میں ایک پارٹی میں وہ تھوڑا پیئے ہوئے تھا، اس نے اسے بڑی چاہت سے آواز دی تھی۔

''ہائی، نانی۔''

''مرد پہلے سے کہیں بہتر نظر آتے ہیں۔'' اس نے ایک دن ڈینا سے کہا جب وہ سامان پیک کر رہی تھی۔ ''میرا خیال تھا کہ الٹ ہوگا۔''

''مرد ہمیشہ نفیس ہوتے ہیں۔'' ڈینا نے ہنستے ہوئے کہا۔

''میں اس رات سوچ رہی تھی ڈینا کہ یہاں اچھے لوگ اور اچھے ہوتے اور برے لوگ اور برے ہوتے نظر آتے ہیں۔''

''یہ بات اپنے یہاں بھی درست ہے۔ انتظار کرو جب تم کسی چھوٹے شہر کو اچھی طرح جان نہ لو۔''

''لیکن یہاں پہلی مرتبہ مجھے معلوم ہوا کہ ہر کوئی تمام عمر خطرے میں بسر کرتا ہے۔ صحیح ہے نا۔ بس یہ کہ تھوڑی تھوڑی کوشش کی جاتی رہتی ہے کہ خطرات کم ہوتے جائیں۔ کچھ لڑکیاں ہیں جو کچھ مردوں کی دیکھ بھال کرتی ہیں۔ اگر کوئی آدمی بدمعاش یا غنڈہ بننا چاہے تو بن سکتا ہے۔ لگتا ہے کچھ علاقے اس جیسوں کے لیے نہایت مناسب ہیں۔ کیوں ٹھیک کہہ رہی ہوں؟''

''پتہ نہیں نیلی۔'' ڈینا نے بیگ میں چیزیں ڈالتے ہوئے کہا، ''بس اتنا یقین سے جانتی ہوں کہ جہاں تک میں سمجھ سکی ہوں کہ جو کچھ بھی تصور کر سکتی ہو وہ ناممکن نہیں ہے۔ کوئی کر رہا ہے یا کرنے جا رہا ہے۔ اچھائی کی طرف بھی اور برائی کی طرف بھی۔''

ڈینا کے رخصت ہونے کے کچھ ہی دیر بعد ہسپتال میں المناک خبر پہنچی۔ ہربی سن اور کچھ دوسرے LARU-8 پر پرواز کرتے ہوئے تازہ سبزیاں لانے نومیا کی طرف جا رہے تھے کہ جہاز میں آگ لگ گئی۔ ریڈیو پر خبر ملی کہ یہ حادثہ نومیا کے مشرق میں پیش آیا ہے۔ طیارہ سیدھا سمندر میں جا گرا اور تمام جانیں ضائع ہو گئیں۔

نیلی کام نہیں کر سکی اور اسے چھٹی دے دی گئی۔ لیٹی ہوئی، نہ چاہتے ہوئے بھی، پھوٹ پھوٹ کر رونے لگی۔ اتنا خوب صورت جوان اس طرح بیکار فوت ہو جائے، سوچ کر وحشت ہونے لگتی ہے۔ اس لیے نیلی کو احساس ہوا کہ جنگ واقعی کیا ہوتی ہے۔ اس کے ساتھ کچھ واقعات ہوتے رہتے ہیں اور ایسے لوگوں کے ساتھ ہوتے ہیں جنھیں آپ جانتے ہیں اور وہ نہ سمجھ میں آنے والے ہوتے ہیں ور ہر زمانے سے ہوتے چلے آ رہے ہیں۔ وہ تین دن تک جسمانی طور پر بیمار رہی۔

تب اچانک خبر آئی کہ ایک آدمی جان بچاؤ تختے پر ملا ہے۔ ہربی سن بچ گیا ہے۔ نیلی پھر

اپنے کمرے میں رہی۔ وہ اس سے ملنا نہیں چاہ رہی تھی لیکن خوش بہت تھی کہ وہ بچ گیا۔ اسے محسوس ہوا تھا کہ ہر بی سن اپنے ساتھ اس کی آدھی زندگی لے گیا ہے اور اب وہ خوش تھی کہ وہ آدھا حصہ دوبارہ زندہ ہو گیا ہے۔ تاہم جب یہ خوبرو جوان لیفٹیننٹ ہسپتال میں اپنی منظورِ نظر نرس کے ساتھ دکھائی دیا تب نیلی کو محسوس ہوا کہ اس نے پھر اسے دیکھ لیا۔ وہ دھوپ جلن کا شکار ہو گیا تھا۔ ایک ہفتہ تک ہر رات وہ نرس سے باتیں کرتا رہا اور سناتا رہا کہ تختے پر کس طرح اس نے دن گزارے۔ نہایت خوفناک رہے ہوں گے۔

نیلی کو اس جذباتی ہیجان سے نکالنے والی ڈینا تھی جس نے کوشش کر کے اسے بھی شمال میں بلا لیا۔ اس نے خوش ہو کر سامان پیک کیا اور جہاز کا انتظار کرنے لگی۔ وہ اب سے پہلے ہوائی جہاز پر سوار نہیں ہوئی تھی۔ اس نے اسے نومیا کی طرف سے آتے ہوئے دیکھا۔ اترتے اور پھر ٹیک آف کرتے ہوئے اس نے فضا سے نیچے دو شہروں کا نظارہ کیا۔ پائلٹ قصداً جہاز تھوڑا مشرق کی طرف لے گیا تا کہ مسافر آتش فشاں پہاڑوں کو دیکھ سکیں۔ جہاز نہایت مہارت سے اتر گیا اور نیلی نے باہر قدم اسی طرح رکھا جس طرح سنڈریلا نے میٹھے کدو سے باہر نکلتے ہوئے رکھا ہوگا۔ یہی زندگی تھی۔

ڈینا اسے ایئر فیلڈ پر ہی ملی۔ اس رات اس کی ملاقات ایمائل ڈی بیکو سے ہوئی۔ نئی نرسوں، نیلی، ڈینا، تین اور نرسوں اور کچھ ڈاکٹروں کے اعزاز میں سمندر کنارے پویلین کی چھت پر ڈنر کا اہتمام کیا گیا تھا۔ یہ ایک فرانسیسی شجر زار تھا۔ موم بتیوں کی جھلملاتی روشنی تھی۔ جالیوں نے کیڑوں مکوڑوں کو روک رکھا تھا۔ ایک ٹونکینی لڑکا وقفے وقفے سے مچھر مارنے والا پٹاخہ چھوڑ دیتا اور خود بھی لطف اٹھاتا۔ جوان ٹونک لڑکے کھانا پیش کر رہے تھے جو بہت لذیذ تھا۔

ایک دوسری میز پر دو فرانسیسی کھانا کھا رہے تھے۔ ایک چھوٹے قد کا اور موٹا تھا۔ وہی شجر زار کا مالک تھا۔ نیلی اس سے شام کو مل چکی تھی۔ دوسرا قابلِ توجہ شخص تھا۔ چالیس کے پیٹے میں ہوگا۔ چھریرا بدن، مونڈھے کسی قدر جھکے ہوئے۔ آنکھیں سیاہ اور گہری بھنویں گھنی۔ بازو لمبے۔

گرچہ باتیں کرتے ہوئے وہ ہاتھوں کو خوب استعمال کرتا تاہم ان کی حرکات میں نرمی تھی۔

نیلی نے کوشش کی کہ اس کی طرف نہ دیکھے لیکن جب وہ لابسٹر اور چاول کا انتظار کر رہی تھی، شجرزار کے مالک نے دیکھ لیا کہ وہ اس کے مہمان کی طرف پوری توجہ سے دیکھ رہی ہے۔ موٹا فرانسیسی اٹھا اور ایک ڈاکٹر کے پاس جا کر کہنے لگا۔

''ڈاکٹر، کیا میں اپنے ایک بہت اچھے دوست ایمائل ڈی بیکو کو آپ سے ملوا سکتا ہوں؟ یہ پکا ڈی گالی ہے۔'' اس کی اس بات پر میز کے ساتھ بیٹھے ہوئے ہر ایک نے اوپر دیکھا۔

ڈی بیکو نے خفیف سا سر ہلایا اور کھڑا ہو گیا۔ جونہی وہ ہسپتال والوں کی ڈنر پارٹی کی طرف بڑھا شجرزار کے گول مٹول نے تعارف جاری رکھا۔ ''ایم ڈی بیکو ہمارے پہلے اور بہت بہادر ڈی گالی تھے۔ انھوں نے جنرل کی حمایت کے لیے بڑا کام کیا اور جب جاپانیوں نے دھمکی دی ایم ڈی بیکو اور ایک جوان نیوی کیپٹن نے تمام جزیروں کا دورہ کیا اور مشتبہ افراد کو گرفتار کیا۔ اگر جاپانی اتر گئے ہوتے تو یہی ہمارے مزاحمتی لیڈر ہوتے۔''

ایم ڈی بیکو نے اپنا سر ہلایا اور ہر نرس کے ساتھ متعارف ہوتے ہوئے مسکرایا۔ اس کے سامنے کے ایک دانت پر سونا چڑھا ہوا تھا۔

''ایم ڈی بیکو نے پہاڑیوں کی طرف ہماری پرواز کا سارا انتظام کیا۔'' شجرزار کے مالک نے بات جاری رکھی، ''کیا آپ سب جانتے ہیں کہ ہم وہاں روپوش ہونے گئے تھے۔ ایم ڈی بیکو نے بطور گائیڈ کام کرنے کے لیے مقامی عورتوں کو تیار کیا جو سب کی سب مسلح تھیں۔''

نیلی کو بعد میں پتہ چلا کہ سارے نیو ہیبرائڈ میں اگر آپ یقین کر سکیں جو آپ سے کہا گیا ہے تو ایک بھی Petainist (ڈی گال کی مخالف پارٹی کا رکن) نہیں ہے۔

آنے والے دنوں میں اس نے ڈی بیکو کو اچھی طرح دیکھا۔ لمبا تگڑا فرانسیسی، ہر کسی سے بات کرنے کا مشتاق، گرچہ انگریزی میں اچھی طرح بات نہیں کر سکتا تھا تاہم اس کی بات سمجھ میں آ جاتی تھی۔ ڈی بیکو نیلی سے ملنے کبھی نہیں آیا، ڈاکٹر جو مردوں کا ایک دلچسپ گروپ ہوتا ہے ڈی بیکو کو

وقتاً فوقتاً ڈنر پر بلاتے ہیں۔ ڈنر کے بعد نیلی اور ڈینا اور دوسری نرسوں میں سے ایک یا دو پارٹی میں شریک ہو جاتیں اور سیاست پر بحث مباحثہ ہوتا یا یہ کہ یورپ میں جنگ کب بند ہو گی۔ فرانسیسی اچھا بحثی تھا اور زبان کی معذوری کے باوجود اپنی دلیل دینے میں کامیاب تھا۔

''میں سمجھتا ہوں کہ'' اس نے ایک مرتبہ کہا، ''لوگ ایک عرصہ سے یا تو ڈی گالی ہیں یا پیٹنی ہیں۔ میرا خیال ہے وہ اسی طرح جوان ہوتے ہیں اور بلاشبہ'' اس نے عیاری کے ساتھ اضافہ کیا، '' کچھ تو بڑے ہوتے ہی نہیں ہیں اور یہی وہ ہیں جن کے ساتھ ہمیں کھیلنا ہے۔''

''لیکن کیوں؟'' ایک ڈاکٹر نے پوچھا۔ ''کیا آپ نے خاص طور پر ڈی گال کی پیروی کرنے کے لیے انتخاب لڑا؟''

''ڈی گال؟'' فرانسیسی نے حقارت آمیز لہجے میں پوچھا، ''کیا ہے ڈی گال؟ کون پروا کرتا ہے کہ ڈی گال کیا ہے؟ وہ مجھے پسند نہیں ہے۔'' اس نے ہاتھ ہلاتے ہوئے کہا۔ پھر اضافہ کیا، ''لیکن ڈی گال کا موقف کیا ہے، ایک نفیس آدمی اور کر ہی کیا سکتا ہے؟''

اتنی مرتبہ ہسپتال میں دعوتوں کے بعد ڈی بیکو نے تجویز پیش کی کہ اب اسے میزبان بننے کا موقع دیا جائے اور ایک رات شجر زار میں اس کی دعوت میں شرکت کی جائے۔ ڈاکٹر بڑے خوش ہوئے۔

''نرسیں بھی؟'' اس نے کندھے اچکاتے ہوئے کہا۔

''کیوں نہیں۔'' ڈاکٹر بولے اور چند راتوں کے بعد امریکی شور مچاتے ہوئے پہاڑی عبور کر کے ڈی بیکو کے شجر زار پہنچ گئے۔ یہ ایک اونچی جگہ پر واقع تھا جہاں سے جزیروں اور سمندر کا نظارہ کیا جا سکتا تھا۔ بیشتر انگریزوں اور فرانسیسیوں نے سمندر کنارے مکانات تعمیر کیے تھے لیکن ڈی بیکو کو اونچی جگہ پسند تھی جہاں سے پورا منظر دیکھا جا سکے اور برآمدے سے یہ خواہش پوری ہو جاتی تھی۔

اس کا مکان ہشت پہل قطعہ اراضی پر بنا ہوا تھا۔ ایک طرف کا حصہ دوسروں سے دوگنا

تھا۔ اسی طرف اس کا قیام تھا۔ کچھ کتابیں تھیں۔ ایک ریڈیو، ایک پرانا گراموفون۔ دوسری سات طرفوں میں ایک ڈائننگ روم، ایک اسٹور، ایک بھنڈار اور ایک قطار میں سونے کے کمرے اور مہمانوں کے لیے ایک مکمل آراستہ کمرہ تھا۔ اس ڈنر والی رات میں یہ کمرہ خالی تھا۔

ہشت پہل مکان کے بیچ میں کچن تھا۔ ایک چھوٹی، نیچی، دھوئیں سے اٹی عمارت جہاں صرف ٹونکینی باورچی ہی جا سکتے تھے، اسی جگہ سے عمدہ ڈشیں ایک سلسلے سے برآمد ہوتیں۔ اس مکان کے اردگرد کچھ عمارتیں تھیں جو بہت پرانی ہو چکی تھیں۔ ٹونکینی اور مقامی انھی میں رہتے تھے اور اپنے پراسرار طریقوں پر عمل کرتے تھے۔ جنگل کے سرے پر ایک بودھ مندر تھا۔

لمبے کمرے کے ساتھ جنوب کے رخ چوڑا برآمدہ تھا جہاں سے چار خوب صورت چیزیں دیکھی جا سکتی تھی۔ چینل جہاں بڑے بڑے بحری جہاز کھڑے ہوتے، وینکوور کے آتش فشاں پہاڑ، وسیع و عریض بحرالکاہل اور پراناٹونک کا پھولوں کا باغ۔

نیلی نے سوچا کہ اس نے ایسا پھولوں بھرا باغ پہلے کبھی نہیں دیکھا تھا۔ ہر قسم کے پھول، ازالیہ، اکہری دوہری جھاڑیاں، گلِ داؤدی، زرد گلاب اور بہت سی قسمیں جنھیں وہ نہیں جانتی تھی۔ باغ کے اطراف میں بھڑ کیلے رنگوں والی بوگن ویلیا، سرخ شعلہ ریز جھاڑیاں اور ہر جگہ اِدھر اُدھر فرنگی پانی کے پیڑ۔ ڈی بیکو نے اپنے مہمانوں کے لیے نصف درجن شاخیں توڑیں اور انھیں بتایا کہ کس طرح مقامی عورتیں سفید اور زرد پھولوں کو اپنے بالوں میں سجاتی ہیں۔ نرسوں نے پھولوں کو سونگھا جو میزبان نے انھیں دیے اور سب دلشاد ہو گئیں۔ فرنگی پانی جنگل کی خوشبو ہے۔ میٹھی، پھیلی ہوئی اور نفوذ کرتی ہوئی، علاوہ اس کے کسی قدر شہوت انگیز صفت لیے ہوئے، ایک ایسی حقیقت جو مقامیوں کو بہت پہلے سے معلوم ہے۔

ڈی بیکو کا ڈنر اتنا شاندار تھا کہ اکثر حضرات شرمندگی محسوس کرنے لگے کہ انھوں نے کبھی ایسا ڈنر پیش نہیں کیا تھا۔ شروع سوپ، میٹھے پانی کے گرِل کیے ہوئے جھینگے، لابسٹر، چاول اور سلاد سے ہوا۔ بعد میں یکے بعد دیگرے تین کورس۔ گائے کا بن ہڈی گوشت، دنبے کی چانپ اور چاول،

پیاز، سیم پھلی اور جنگلی مرغی کے سیاہ گوشت کا ایک لذیذ مرکب۔ اس کے بعد خود ڈی بیکو نے millioner's salad پیش کیا جو ناریل کے پیڑ کی نازک کونپلوں کو زیتون کے تیل میں ڈبو کر سرکہ، نمک اور مرچ سے تیار کیا گیا تھا۔ کسٹرڈ پیالے میں چھوٹے کیک، کافی اور سات قسم کے شرابوں کی چوائس کے ساتھ ڈنر اختتام کو پہنچا اور یہ سارا کچھ جنگل کے سرے پر ترتیب دیا گیا تھا۔ گواڈلی کنال سے ساڑھے پانچ سو میل دور۔ یہ کہنا کہ ہسپتال کا عملہ ششدر رہ گیا ہوگا، پوری سچائی نہیں ہوگی۔

''آپ کو لابسٹر کہاں سے ملا؟'' ایک ڈاکٹر نے دریافت کیا۔

''ہم انھیں مختلف ذرائع سے پکڑتے ہیں۔ گہرے پانی میں جاکر۔''

''جنگلی مرغیوں کے بارے میں؟''

''گیٹ میں داخل ہوتے ہوئے آپ نے کالے آدمی دیکھے ہوں گے۔ وہ تیر سے یا 22. سے ان کا شکار کرتے ہیں۔ بڑے زبردست شکاری ہیں میرے خیال میں۔''

''میرا بھی یہی خیال ہے۔'' ڈاکٹر نے جواب دیا۔ ''لیکن اتنے بڑے بڑے جھینگے آپ کو کہاں مل جاتے ہیں؟''

''دو جزیروں کی ندیوں میں۔ دیکھیں میرے دوست، ہم روزانہ اسے نہیں کھاتے ہیں۔ یہ تو ظاہر ہے۔ ہر دو ہفتہ بعد سے زائد نہیں۔ لابسٹر کے لیے ہمیں پانچ دن پہلے ان آدمیوں کو بتانا ہوتا ہے، جھینگوں کے لیے ایک ہفتہ پہلے اور جنگلی مرغیوں کے لیے دو دن۔''

''آپ نے مقامیوں کو اتنے عمدہ طریقے سے پیش کرنے کی تربیت کس طرح دی؟'' ڈینا نے پوچھا۔ ''وہ خود بھی لطف اندوز ہو رہے تھے۔''

''میں ان کے ساتھ تحمل سے کام لیتا ہوں۔'' فرانسیسی نے جواب دیا۔ ''وہ میرے ساتھ غلطیاں کرتے ہیں اور جب وہ آپ کو پیش کرتے ہیں تو نفاست سے کام کرنے کے لیے خود کو تیار کر لیتے ہیں۔ کیا اسی طرح ہسپتال میں نہیں ہوتا ہے؟''

''یہ بتایئے ایم ڈی بیکو۔'' ایک متجسس ڈاکٹر نے پوچھا،''اس شجرزار کو بنانے اور منظم کرنے میں آپ کو کتنا عرصہ لگا؟''

''چھبیس برس۔'' ڈی بیکو نے کہا،''میں یہاں ایک جوان مرد کی صورت میں آیا تھا۔''

''آپ نے جنگل میں خود ہی کاٹ چھانٹ کی؟''

''کچھ مقامی لوگوں اور جاوا اور کروں کی ایک فیملی کے ساتھ۔''

''میں نے باہر زرد رنگ کے لوگ دیکھے۔ وہ تو جاوانی نہیں ہیں۔ ہیں؟''

''نہیں۔'' ڈی بیکو نے جواب دیا''وہ ٹونکینی ہیں۔ بہت عمدہ ورکر ہیں۔ ہم انھیں چائنا سے لاتے ہیں۔''

''چھبیس برس۔'' ایک عمر رسیدہ ڈاکٹر نے کہا۔'' حیرت ہے۔ میں اپنی زندگی کے چھبیس برس گزارنے کے بعد کیا دکھا پاؤں گا؟''

''آپ کیا پی ٹین کے کامیاب ہونے پر بھی اسی طرح فرار ہو جاتے؟'' ڈینا نے پوچھا۔ فرانسیسی اس کی طرف دیکھ کر مسکرایا۔

''میں نے سوچا کہ یہ جنگ پی ٹین کو کبھی کامیاب ہونے نہیں دے گی۔'' اس نے خوش گوار لہجے میں کہا،''آپ امریکی، ڈی گال اور ڈی گالیوں کے لیے فکر مند رہتے ہیں اور آپ میں سے ہر کوئی ایسے کام کرتا ہے جیسے وہ خود ڈی گالی ہو۔ آپ کے قول و فعل میں مطابقت نہیں ہوتی۔''

ڈنر کے بعد مہمان جالی لگے برآمدے میں جا بیٹھے۔ ایک ڈاکٹر مچھر بھگانے کے دو پٹاخے لے آیا۔ میزبان نے وہسکی، بئیر، کوک، جنجر، ایل اور رم سے ان کی تواضع کی۔ شام گزر گئی اور آدھی رات کے آسمان پر ہلالی چاند نمودار ہوا۔ گفتگو کا رخ جزیروں کی طرف ہو گیا۔

''یہاں رہ کر آدمی کس طرح اتنا صحت مند ہوتا ہے؟'' ایک ڈاکٹر نے دریافت کیا۔

''سخت محنت اور معتدل زندگی۔'' فرانسیسی نے جواب دیا،''میں بے تحاشا الکحل پیش کرتا ہوں لیکن خود کم استعمال کرتا ہوں۔ میں نے ہر چیز کو اعتدال پر رکھا ہوا ہے۔''

نرسیں سوچ میں پڑ گئیں کہ "ہر چیز" سے اس کی کیا مراد ہے۔

"کیا آپ سمجھتے ہیں کہ گورے بھی ان گرم علاقوں میں رہ سکتے ہیں جس طرح آپ رہ رہے ہیں؟"

"رہتے ہیں۔" اس نے کہا، "میرا خیال ہے کہ قوتِ ارادی کا اس میں بڑا دخل ہے۔ آپ سولمن میں ملیٹا جزیرے کو دیکھیں۔ اوہ کیا جگہ ہے! تاہم ایک آدمی جسے میں اچھی طرح جانتا ہوں، نام اینڈرسن ہے، بڑی کامیاب زندگی گزار رہا ہے۔"

"یہ بتایئے ایک ڈی بیکو۔" ایک نرس نے پوچھا، "کیا یہ سچ ہے کہ اس گرم منطقے میں رہنے والے بیشتر لوگ کسی چیز سے بھاگتے جا رہے ہیں؟"

فرانسیسی اپنی کرسی پر اس بے محل سوال کرنے والی کی طرف مڑا۔ وہ ایک جوان لڑکی تھی اس لیے اس نے مسکراتے ہوئے کہا، "ہاں، مجھے یقین ہے کہ یہ سچ ہے۔ فرض کرو میں کسی چیز سے بھاگتا ہوں۔ مجھے کہاں اس سے زیادہ حسین جگہ ملے گی؟" اس نے اپنا ہاتھ برآمدے کے سامنے لہرایا اور وینکوور کی خاموش چوٹیوں کی طرف اشارہ کرتے ہوئے کہا، "بات دراصل یہ ہے کہ تم میں سے ہر ایک کسی نہ کسی چیز سے بھاگ رہا ہے۔ تمھاری ابھی شادی نہیں ہوئی ہے۔ تمھارے چاہنے والے جنگ پر گئے ہوئے ہیں یا تمھاری بیویاں بور کرنے لگی ہیں۔ میں نہیں سمجھتا ہوں کہ یہ کوئی عقل مندی ہے کہ ان اسباب کا کھوج لگایا جائے کہ کیوں کوئی کہاں موجود ہے؟" وہ پریشان ہوتی ہوئی نرسوں کو دیکھ کر مسکرایا۔

"اوہ ایم ڈی بیکو۔" اس نرس نے کہا، "میرا مطلب اس طرح نہیں تھا۔"

"جانتا ہوں مائی ڈیر کہ تمھارا مطلب یہ نہیں تھا! لیکن میں نے سوال کو اسی طرح سمجھا۔ یہ سوچنا درست نہیں ہے کہ مارسیلز کے تمام مرد نارمل اور خوش ہیں بغیر کسی راز کے اور یہ کہ ہر کوئی یہاں بھگوڑا ہے۔ آج کی دنیا میں اس طرح سوچنا احمقانہ ہے۔ کتنے مرد اور عورتیں مارسیلز میں ایسی ہیں جو مجھ پر رشک کرتی ہیں؟"

آدھی رات گزر گئی اور اب نرسوں کو واپس جانا تھا۔ وہ شجرزار چھوڑنے میں پس و پیش کر رہی تھیں۔

گیٹ کے پاس جہاں جیپیں پارک کی گئی تھیں ایم ڈی بیکو نے نیلی کو گروپ سے علاحدہ کر دیا۔ وہ الگ کھڑی رہیں۔ ''بحریہ کی افسر، تم نے میرے مکان میں خاصی دلچسپی ظاہر کی ہے۔ میں چاہتا ہوں کہ ایک مرتبہ پھر شجرزار میں آ کر قیام کرو۔''

''میں بھی چاہوں گی۔'' نیلی نے صاف گوئی سے کہا۔

''اجازت ہو تو ایک سہ پہر انتظار کروں؟ تم میرے کوکو کے جھنڈوں سے لطف اٹھاؤ گی۔''

تین دن بعد کوکو کے جھنڈ میں نیلی نے اعتراف کیا کہ اس نے کبھی ایسی چیز نہیں دیکھی جس نے اسے اپنے قدرتی اور اچھوتے حسن سے اتنا متاثر کیا ہو۔ اس جھنڈ میں اسے بہت سے مسرت بھرے گھنٹے گزارنے ہوں گے جن کا اسے علم نہیں تھا۔

ان منطقوں میں شجرزاروں کے مالکان عموماً ناریل کے درخت ایک قطار میں سمندر کے کنارے کنارے ایک دو میل تک لگاتے ہیں۔ درختوں کے نیچے گھاس صاف کر دی جاتی ہے تاکہ ٹپکے ہوئے ناریل آسانی سے اکٹھے کیے جا سکیں۔ ناریل کے بیشتر جھنڈ نہایت صاف نظر آتے ہیں۔ لانبے سڈول درخت ایسا لگتا ہے کہ دبلی پتلی بیلے رقاصائیں انوکھے قسم کا سرپوش چڑھائے ہوں۔ لیکن کوکو کے جھنڈ بے ترتیبی سے بڑھتے ہیں۔ یہ عموماً شجرزار اور جنگل کے درمیان حد بندی کا کام دیتے ہیں۔ سال بہ سال یہ درخت اپنے آپ جہاں تہاں اُگ آتے ہیں اور ان کے گرد جھاڑیاں بڑھ آتی ہیں۔ بعض اوقات کہنا مشکل ہوتا ہے کہ کوکو کے پیڑ کہاں ختم ہوتے ہیں اور جنگل کہاں سے شروع ہوتا ہے۔

اس جگہ جہاں اس کے کوکو اور ناریل کے پیڑ ملتے ہیں ڈی بیکو نے بہت پہلے خود ہی ایک پویلین بنایا ہوا تھا جس میں دو یا تین آدمی کے بیٹھنے کی گنجائش تھی۔ اس کی بنیاد ٹیک لکڑی کے اٹھارہ

انچ تختے پر رکھی گئی تھی۔ اس کا آدھا حصہ ناریل کے پتوں سے بنایا گیا تھا اور چھت پر بھاری چھپر تھی۔ دو بنچیں مہوگنی کی اور دو موٹی آرام دہ کرسیاں ٹیک کی بنی ہوئیں۔ اتنا ہی فرنیچر تھا وہاں۔ چاروں کونے میں ناریل کے تنے کے بنے ہوئے دیسیوں کے مضحکہ خیز چہرے سجائے گئے تھے۔ دو تو لمبی ناک والے جنگل کے دیوتا کے تھے اور دو دیسیوں کی نظر میں گوری عورتوں کے تھے، سرخ ہونٹوں کے ساتھ۔ ان چہروں سے پویلین میں رونق آ گئی تھی ورنہ بڑا پھیکا پھیکا سا ہوتا۔

یہ تو شبہ والی بات تھی کہ کوکو کے جھنڈ میں بنجر زمین ہو۔ نیلی پویلین میں انتظار کر رہی تھی جب کہ ڈی بیکو مقامی لوگوں سے باتیں کر رہا تھا۔ اسے بمشکل یقین آیا کہ وہ جو سمجھتی تھی کہ جنگل اکتا دینے والا ہوگا اتنا متنوع ہوگا۔ اس کے اوپر لا انتہا قسموں کے پرندوں کا غول اڑتا ہوا گزرا۔ سفید، سبز، سرخ، جامنی اور زرد لوری طوطے کسی بھی پرندے سے زیادہ خوب صورت، نے جھنڈ کے اوپر ایک چکر لگایا۔ ان کی تیز چیخوں کو ابابیل جیسی چڑیوں نے اپنی چہچہاہٹوں سے ماند کر دیا جو کوکو کے پیڑوں میں بڑی تعداد میں گھسی رہتی ہیں۔ کسی کسی وقت آبی پرندے بھی اس طرف آ جاتے اور کبھی کوئی بڑا باز دور پہاڑیوں سے آ کر بیٹھ جاتا اور چڑیاں بھاگ جاتیں۔

لیکن یہ کوکو کے پیڑ تھے جنھوں نے نیلی کا دل جیت لیا تھا۔ کوکو چھوٹا پیڑ ہوتا ہے۔ بمشکل جھاڑی سے اونچا، زیادہ سے زیادہ اس کی اونچائی بیس فٹ ہوتی ہے۔ تنا مضبوط اور شاخیں موٹی زمین سے تقریباً پانچ فٹ اونچی ایک جیسی پھیلی ہوئیں۔ پتیوں میں چمک جھلمل کرتی ہوئی اور رنگ بے حساب۔ کچھ زرد، سبز، دوسری گہری سبز، بعض جامنی۔ بعض تقریباً نیلی یا چمک دار پیلی۔ اور بیشتر درختوں پر کم از کم پچاس شوخ سرخ رنگ کی پتیاں۔ ہر پتی ست رنگی پتی اور جو مردہ ہوئی فوراً نیچے گر پڑی۔

بارش میں کوکو کا جھنڈ بڑا دل آویز ہوتا ہے۔ تیز دھوپ میں آئینے ہی آئینے اور شام کے وقت خاموش اور پُر اسرار جنگل کا منظر پیش کرتا ہے۔

ڈی بیکو جب تک کام سے فارغ نہ ہوا نیلی کوکو کے پیڑوں اور رنگا رنگ پتیوں اور لوری

طوطوں کا مطالعہ کرتی رہی۔ پھر جب لمبا قد آور اور ہانپتا ہوا میزبان سامنے آیا تب اس نے اسے اپنے ساتھ بیٹھنے کو کہا۔

''آپ نے یہ پویلین کیوں بنایا؟'' نیلی نے پوچھا۔

''میں جنگل کے قریب رہنا پسند کرتا ہوں۔'' اس نے دروازے میں کھڑے کہا۔

''آپ کیا ہر بارش والے دن یہاں آتے ہیں؟ تب تو اور بھی اچھا ہوتا ہوگا؟''

''بارش میں تو یہ سب سے اچھا ہوتا ہے۔ لیکن یہ جگہ کسی کام کی نہیں ہے۔ کچن سے بہت دور ہے کہ یہاں بیٹھ کر کھانا کھایا جائے۔ بستر نہیں ہے اور نہ جالیاں ہیں۔ پھر بھی میں اسے شجر زار کی کسی بھی جگہ سے اسے زیادہ پسند کرتا ہوں۔''

''میں کوکو کے پیڑوں کو دیکھ رہی تھی۔'' نیلی نے کہا اور خود سے بولی..... 'میں اس شخص سے شادی کروں گی۔ اب سے یہی میری زندگی ہوگی۔ پہاڑی کا یہ حصہ میرا گھر ہوگا اور سہ پہر میں، میں اور یہ یہاں آکر بیٹھا کریں گے'..... پھر اس سے مخاطب ہوئی، ''بہت خوب صورت ہیں۔ ہیں نا؟''

''بھدا کھردرا درخت۔'' اس نے کہا، ''ناریل کی طرح نہیں۔ پھر ان سے آمدنی بھی نہیں ہوتی ہے۔''

''جناب ڈی بیکو۔'' وہ بولی، ''یہ کتنی نامعقول بات ہے۔ کیوں۔ میرا مطلب ہے ایم ڈی بیکو۔''

''تم مجھے ایمائل کیوں نہیں کہتی ہو؟''

''مجھے کہنا چاہیے۔'' اس نے ہنستے ہوئے کہا۔

ڈی بیکو نے اپنے آپ سے کہا..... 'اسی کا مجھے انتظار تھا۔ اتنے برسوں سے..... کبھی سوچا بھی تھا کہ اس جیسی ایک تازہ مسکراتی لڑکی میری پہاڑی پر چلی آئے گی؟ واقعی جیسا انتظار تھا ویسی ہی ملی۔'

''ایمائل۔'' نیلی نے شروع کیا، ''ایک سوال پوچھ سکتی ہوں؟''

''بے شک پوچھ سکتی ہو۔'' اس نے مسکراتے ہوئے جواب دیا۔

''آپ نے فرانس کیوں چھوڑا؟''

ایک لمبا وقفہ۔ نیلی اور ایمائل نے ایک دوسرے کا مطالعہ کیا۔ باہر جھاڑیوں میں چڑیاں تیزی سے اڑ رہی تھیں اور لوری طوطے چیخ رہے تھے کہ کیوں انھوں نے بے جا مداخلت کی ہے۔ یہ جنگل تھا۔ پرندوں کا ملک۔

''یہ میرے لیے رسوائی کی بات نہیں تھی۔''

''جانتی ہوں۔''

''میں نے ایک آدمی کو قتل کر دیا تھا۔'' ایمائل نے کہا اور اس کی آواز بھاری خاموشی میں جذب ہو گئی۔

''کیوں؟'' نیلی نے پوچھا ذرا بھی مضطرب ہوئے بغیر۔ اسے یہ ایمائل ڈی بیکو کے قدرتی رویے جیسا لگا۔ اس نے کہا تھا، ''میں نے ایک آدمی کو قتل کر دیا تھا۔'' اور وہ پُر سکون ہو گئی کہ جیسے یہ کوئی سنجیدہ بات نہیں تھی۔

''ایک شہری غنڈہ، دھوکے باز۔ مارسیلز کے نزدیک ایک چھوٹی سی جگہ تھی۔ ہر کوئی اس کے مرنے سے خوش ہوا تھا۔ قصور اسی کا تھا۔ لیکن سبھوں کا خیال تھا کہ میں فرار ہو جاؤں۔ پولیس نے تین دن تفتیش میں لگا دیے اور مجھے بھاگنے کا موقع مل گیا۔ میں ذہن بنا نہیں سکا کہ ایک بوڑھے ملاح نے مجھ سے کہا...... 'میں ایک مرتبہ ایک جزیرے پر تھا۔ مرد کچھ پہنتے بھی ہیں اور عورتیں بے لباس ہوتی ہیں۔ جو پودا بھی لگاؤ گے اس جزیرے میں وہ بڑا ہو جائے گا۔ تھوڑے سے پیسوں سے ایک با ہمت آدمی وہاں اچھی زندگی گزار سکتا ہے اور دولت مند بن سکتا ہے۔' میں نے اسے سنا اور دماغ بغاوت پر اتر آیا۔ تب اس نے کچھ ایسی بات کہی کہ میں نے فیصلہ کر لیا۔ 'اور جزیرے کے سامنے ایک اور جزیرہ ہے وہ آتش فشانوں کے ساتھ۔ تم ہر وقت انھیں دیکھ سکتے ہو'، بس اس نے کام کر دیا۔

میری ماں نے ہمیشہ نیپلز دیکھنے کی خواہش کی۔ انھوں نے پومپیائی کے بارے میں کتاب میں پڑھا تھا تب سے وہ نیپلز دیکھنا چاہتی تھیں۔ وہ نہیں دیکھ سکیں۔ تمام عمر اسی مارسیلز کے قریب رہیں۔ میں نے بوڑھے ملاح کی پیٹھ تھپتھپائی اور چلایا، ''بڑے میاں، کیا آئیڈیا دیا ہے! میں وہ آتش فشاں دیکھا کروں گا۔'' اسی رات میں نکل پڑا۔ دوسرے دن پولیس مکان پر آئی۔ ''ایمائل ڈی بیکو کہاں ہے؟'' ''وہ تو بھاگ گیا۔'' ''بدمعاش' پولیس نے کہا، ' واپس آیا تو ہم اسے گرفتار کرلیں گے۔ نوٹ کرلو، وہ ہم سے بچ کر نہیں جائے گا۔'' وہ بڑے غصے میں تھا اور میں مارسیلز کے کیفے میں چار دن تک بحری جہاز کے آنے کا انتظار کرتا رہا۔ انھوں نے جاسوسی کے لیے آدمی بھیجا اور پوسٹر بھی چھاپے لیکن میں جا چکا تھا۔ تب سے پھر میں کبھی واپس نہیں گیا۔''

''اسے مارا کس طرح؟'' نیلی نے پوچھا۔

''چاقو سے۔'' ایمائل نے کہا۔

''تم پھر کبھی پچھتائے نہیں یہاں آنے پر؟''

''کبھی نہیں۔'' اس نے زور دے کر کہا اور ایک نرالے تبصرے کا اضافہ کیا، ''یہ شجر زار ایک لاکھ ڈالر سے زیادہ قیمتی ہے۔''

کوکو پولیین میں دو اجنبیوں نے ایک دوسرے کو دیکھا۔ دونوں نے نصف مسکراہٹ کے ساتھ۔ ڈی بیکو کا سونا چڑھا دانت نظر آیا۔ نیلی کو خیال گزرا کہ یہ شخص بوڑھا نہیں ہے لیکن جوان بھی نہیں ہے۔ ایک عزت دار دولت مند اور گہرے خیالات کا حامل شخص ہے۔ اس نے چاقو سے قتل کیا ہے۔ ڈی گال کی حمایت میں اٹھ کھڑا ہوا اور جاپانیوں کے خلاف مزاحمت میں پیش پیش رہا۔

''نیلی۔'' اس نے کہا، ''شدید گرمی کے مہینوں میں تم آسٹریلیا جاسکو گی؟''

نیلی نے کوئی جواب نہیں دیا۔ اس نے اسے اپنی طرف آتے ہوئے دیکھا۔ وہ اس کے اوپر جھکا۔ اس نے اپنے ہونٹ اوپر کیے۔ گرچہ اس نے انھیں اپنے ہونٹوں سے محض برش کیا لیکن اسے ایسا لگا کہ ایک مرد نے، ایک پورے مرد نے، ایک چاہے جانے کے لائق مرد نے اس کا بوسہ لیا

ہے۔

وہ اس کی کرسی کے بازو پر چند منٹ بیٹھا رہا۔

''مجھے جلدی جانا چاہیے۔'' نیلی نے آہستہ سے کہا۔

وہ جب اٹھی، اس سے لگ کر کھڑی ہوئی۔ اس نے نوٹ کیا کہ اس کی ناک اس کے کندھے کو چھوگئی ہے۔ اس کی شرٹ کے ساتھ لگی ہوئی اس نے پوچھا۔

''تم نے شادی کی ہے ایمائل؟''

''نہیں۔'' اس نے جواب دیا۔

''بہت خوشی ہوئی۔'' وہ بڑبڑائی اپنی ناک کو اس کے کندھے میں گھسیڑتی ہوئی۔ اس نے اس کے سر کو تھپتھپایا اور لمبے راستے پر چل پڑا جو ناریلوں کو جاتا تھا۔

''ڈنر کھائیں گے؟'' ٹونکینی باورچی نے پوچھا۔

''صرف میرے لیے۔'' ڈی بیکو نے جواب دیا، ''میں جلدی آتا ہوں۔''

''ایمائل۔'' نیلی نے کہا جب اسنے اپنی آسٹریلوی کار گیٹ کے پاس روکی۔ ''مجھے چند دن سوچنے دو پھر میں بتاؤں گی۔''

''ٹھیک ہے۔''

اس شام نیلی نے ڈینا کو بتایا، ''میرا خیال ہے کہ میں اس سے شادی کرلوں۔''

''بہت گرمی پڑتی ہے اس جزیرے میں۔'' ڈینا نے جواب دیا۔

''گرمی تو ارکنساس میں بھی پڑتی ہے۔'' نیلی نے ہنستے ہوئے کہا۔

''لیکن تم ارکنساس سے باہر جاسکتی ہو۔''

''اور میں بھی آسٹریلیا جاسکتی ہوں۔ بہت سی عورتیں گرمیوں کے موسم میں وہاں چلی جاتی ہیں۔''

''میں نہیں سمجھتی ہوں کہ یہ میرا فرض ہے کہ تمھیں بتاؤں کہ تم تو ابھی اس آدمی کو اچھی

طرح جانتی بھی نہیں ہو۔'' ڈینا نے خوب صورت جوان نرس کو دیکھتے ہوئے کہا۔

''میں نہیں چاہتی کہ تم ایسا کہو ڈینا۔'' نیلی نے کہا۔'' لیکن جب میں ہر بی سن کی محبت میں گرفتار تھی تو تم نے کہا تھا کہ میں مصیبت مول لے رہی ہوں تو کیا تم اب بھی ایسا ہی سمجھتی ہو؟ سمجھتی ہو ڈینا؟''

اس نے ایک لمحے کو سوچا اور کہا،'' نہیں۔ دراصل مجھے تم پر رشک آ رہا ہے۔ اگر تم میں حوصلہ ہے ہمت ہے، زندگی آسان نہیں ہوگی۔''

''لیکن یہ زندگی ہوگی ڈینا! ہمیں یہاں بھی کتابیں مل جائیں گی۔ ایمائل فرنچ میں بہت پڑھتا ہے۔ ہم بہت سی باتیں کر سکیں گے۔''

''نیلی!'' ڈینا نے سنجیدگی سے کہا،'' کیوں نہیں تم اپنی امی کو ایک لمبا خط لکھتی ہو؟''

جب ہوائی ڈاک سے مسز فاریش کا جواب آیا تو یہ ایک لمبی زندگی میں حاصل کیے گئے علم کا نچوڑ تھا۔ لکھا تھا......

''عمر والے مردوں اور جوان لڑکیوں کی شادیاں مختصر عرصے تک چلتی ہیں لیکن تمہیں مستقبل کے بارے میں ضرور سوچنا چاہیے۔ کیا تم خوش رہ سکو گی اگر وہ تم سے پہلے مر گیا؟ اس جگہ کی عورتیں اگر زیادہ تر ان میں فرانسیسی ہوئیں تو وہ تمہارا وہاں رہنا پسند نہیں کریں گی۔ اس پر سوچا ہے تم نے؟ محبت کسی طرح کی شادی کو بھی کامیاب بنا سکتی ہے اور اگر اس کے پاس پیسے ہیں جیسا کہ تم کہتی ہو تو یہ اور بھی اچھا ہے۔ تم واقعتاً اس کے بارے میں کیا جانتی ہو؟ اس نے فرانس کیوں چھوڑا؟ وہ غالباً کیتھولک بھی ہے...... نیلی، میں نے ہمیشہ سوچا کہ تم شاید چارلی بنی ڈکٹ سے شادی کرو گی۔ اب اس کی جاب اچھی ہے۔ تمہارے پاپا زندہ ہوتے تو شاید یہی کہتے...... 'جاؤ کرلو۔ روز کا تین وقت کا کھانا ویسا ہی اچھا ہے وہاں جیسا یہاں ہے۔' لیکن زندگی کو روز کے تین کھانوں سے زیادہ کچھ چاہیے۔ تمہارے دوست بھی ہونے چاہئیں اور پرانی جگہیں بھی تمہاری مدد

کے لیے۔"

نیلی نے خط ڈینا کو دکھایا۔

"تمھاری امی کو اچھا شعور ہے۔"

"انھیں ہم چاروں کو پالنا ہوگا۔" نیلی نے ہنستے ہوئے کہا،" لیکن میں زندگی میں ان کے پاس جو کچھ ہے اس سے زیادہ چاہتی ہوں۔ مام کے پاس زیادہ نہیں تھا۔"

"ان کے پاس چار خوب صورت بچوں کو پالنے کے لیے کافی تھا۔" ڈینا نے ہنستے ہوئے کہا،" اور انھوں نے کتاب پڑھ کر اچھا شعور نہیں سیکھا تھا۔"

"میرا خیال ہے میں اس سے شادی کرلوں گی۔" نیلی نے کہا۔

ڈینا نے کوئی تبصرہ نہیں کیا۔ وہ اپنے آپ حیرت میں رہی کہ اسے کیا کرنا چاہیے تھا۔ وہ کسی نتیجے پر نہیں پہنچ سکی تھی۔

دوسرے دن جب ڈی بیکو نے نیلی کو بلوایا تو اس نے مشورہ دیا کہ سہ پہر پویلین میں گزاری جائے۔ دونوں جب وہاں پہنچے تو گرمی بہت تھی اور ان کے لیے سانس لینا دشوار ہو رہا تھا۔ دھوپ بھی کوکو کے پیڑوں پر گرم تھی اور لوری طوطے شور مچا رہے تھے۔ پھر ایکدم سے خاموش ہوگئے۔

"دیکھو۔" نیلی چلائی،" دیکھو۔"

ایک بڑا باز اوپر لمبے لمبے چکر لگا رہا تھا۔ یہ پہاڑوں سے نیچے اترا تھا۔ چڑیاں سب غائب تھیں۔ اپنا رعب دبدبہ دکھا کر بازوؤں کو اوپر نیچے کرتا ہوا واپس چلا گیا اور لوری طوطے باہر نکل کر چیخنے چلانے لگے۔

"میں نے سوچ لیا ہے۔ اچھی طرح سوچ لیا ہے ایمائل۔" جوان نرس نے کہا،" میں تم سے شادی کرنا چاہتی ہوں۔"

"خوب!" ایمائل نے کہا۔ دونوں نے دو مرتبہ بوسے لیے اور پھر بھاری بھرکم ٹھوس کرسی پر بیٹھ کر کوکو جھنڈ کے حسن اور حیات کا نظارہ کرنے لگے۔

''یہ اچھی زندگی ہو گی نیلی۔'' فرانسیسی نے کہا،'' تم اسے پسند کرو گی۔ دوسرے جزیرے پر ایک اچھا ہسپتال ہے اور تم چاہو گی تو بچوں کی پیدائش کے لیے آسٹریلیا جا سکو گی۔ ہر تیسرے مہینے کشتی آتی ہے اور یہاں بہت سے لوگ رہتے ہیں۔ میری اپنی بھی چھوٹی کشتی ہے اور دو شجر زاروں کے مالکوں کے پاس ایک بڑی پاور لانچ ہے۔ میں تمھیں فرنچ پڑھنا سکھا دوں گا۔ میرے پاس بہت کتابیں ہیں اور ہم انگریزی کتابیں بھی حاصل کر سکتے ہیں۔ میں نے تمھیں بتایا نہیں لیکن میں نے بڑی دولت جمع کر رکھی ہے۔''

برسوں میں رقم بچا کر رکھنے کے خیال نے ایمائل کو فکر مند کر دیا۔ باہر پرندے ایک دوسرے کو آواز دے رہے تھے اور کوکو کے سنہرے پتے سورج کی کرنوں کو منعکس کر رہے تھے۔

''میں تم سے پہلے فوت ہو جاؤں گا نیلی کیونکہ میں تم سے عمر میں بڑا ہوں۔'' اس نے سوچنے کے سے انداز میں کہا،'' لیکن تب بھی اگر تمھیں جزیرے پسند ہوں تو تمھیں بھوک اور غربت سے ڈرنے کی کوئی ضرورت نہیں ہو گی اور اگر تمھارے بچے ہوں گے تو وہ بھی پرورش پاتے جائیں گے۔ اس وقت تک یہاں ایک امریکی اڈا بن جائے گا۔ تمھاری لڑکیوں کو امریکی جوان مل جائیں گے جن میں سے وہ اپنے شوہر کا انتخاب کر سکیں گی اور اگر تمھیں جزیرے پسند نہ ہوں تب تم واپس امریکہ چلی جانا۔ زندگی گزارنے کے لیے تمھارے پاس کافی رقم ہو گی۔''

نیلی انجام کار واقع ہونے والی موت پر کوئی تبصرہ نہ کر سکی۔ باز پھر آسمان کی تاریکیوں میں نمودار ہو گیا تھا۔ لوری طوطے نیلی کی طرح خاموش تھے۔ وہ بھی موت کا تصور کیے ہوئے تھے۔

ڈی بیکو نے نیلی کو نرسوں کے کوارٹر گیٹ پر چھوڑنے سے پہلے اس سے کہا کہ وہ کچھ دنوں کے لیے جا رہا ہے۔ اسے جزیرے پر کچھ بڑا گوشت پہنچانا ہے جہاں فرانسیسی حکومت نے تمام جوان لڑکیوں اور بن بیاہی عورتوں کو جمع کر رکھا ہے۔ یہ کوئی سولہ میل دور ایک چھوٹا جزیرہ تھا جہاں گوری، پیلی، کالی لڑکیوں کو امریکی فوجیوں سے تحفظ دینے کے لیے علاحدہ کیا گیا تھا۔ ڈی بیکو اور دوسرے شجر کاروں نے جزیرے میں خوراک کی فراہمی بحال رکھی ہوئی تھی۔ پہلی مرتبہ نیلی نے اسے گیٹ پر

الوداعی بوسہ دیا۔ گارڈ کو آنکھ مارتے ہوئے بولی، ''ہم شادی کرنے جا رہے ہیں۔''

ڈی بیکو کے چلے جانے کے بعد وہ نیوی کے کیپٹن سے ملی جو اس کے ہسپتال کا کمانڈر تھا۔ اس نے بتایا کہ وہ ڈی بیکو سے شادی کرنے کا ارادہ رکھتی ہے۔ اس سلسلے میں وہ کیا انتظامات کر سکتے ہیں۔

''یہ ایک لمبا طریقہ ہے۔'' کیپٹن نے اسے متنبہ کیا۔ ''میری خود سمجھ میں نہیں آتا ہے۔ اس علاقے میں آرمی کا عمل دخل ہے۔ مجھے تمھیں جنرل کے پاس لے جانا ہوگا۔''

وہ اسے لے گیا اور اسے بوڑھا جنرل مہربان نظر آیا جس کی اپنی بیٹیاں بھی تقریباً اسی کی ہم عمر تھیں۔

''میں منظور نہیں کر سکتا۔'' اس نے نیم سختی سے کہا، ''لیکن میں جانتا ہوں کہ لڑکیاں جب ارادہ کر لیتی ہیں تو یہ کس طرح ہوتا ہے۔ ایک بات ہے فاریش۔ کیا تم نے یا تمھاری دوستوں نے ایم ڈی بیکو کے ماضی کے بارے میں معلومات حاصل کی ہیں؟ تم نے کی ہے۔ تب ہم کاغذات کی تیاری شروع کریں گے لیکن اسے ذاتی طور پر پیش ہونا ہوگا۔ جب وہ واپس آ جائے تو اسے لے کر آنا۔''

نیلی نے آہ بھری اور اپنے کمانڈنگ افسر کی طرف دیکھ کر مسکرائی۔ پیش رفت تو ہوئی۔ اسے تعجب ہوا کہ ایک کیپٹن اور ایک جنرل نے اس کے معاملے میں دلچسپی لی ہے۔ اسے خوشی ہوئی اپنے اہم ہونے پر۔

اس رات ڈنر پر ڈینا نے نیلی سے پوچھا کہ کیا ڈی بیکو کی عدم موجودگی میں وہ اس میز کے ساتھ بیٹھے گی جہاں ایک نیوی افسر بطور مہمان مدعو ہے؟ وہ جزائر کے دورے سے واپس آیا ہے اور بہت سی کہانیاں لے کر آیا ہے۔ نیلی اس مہمان کے ساتھ والی کرسی پر بیٹھی۔ لیفٹیننٹ بس آدمز کا کام ہی تفریح کرانا تھا۔ کھانے کے ساتھ ساتھ اس نے یکے بعد دیگرے دلکش کہانی سنائی۔ اس نے خود کو مزاح کا مرکز بنائے رکھا لیکن جب شام گزر گئی اس نے ایک اور ڈرنک طلب کرتے ہوئے کہا، ''میں نے یہ کہانی پہلے کبھی کسی ملے جلے گروپ کو نہیں سنائی ہے۔ یہ واقعی ایک مرد کی کہانی ہے لیکن عورتیں

بھی انجوائے کر سکتی ہیں۔ یہی ایک ایسی کہانی ہے جوان جزائر کے وعدے کو پورا کرتی ہے۔ میں نے اسے The Frenchman's Daughter کا نام دیا ہے۔ یہ سچی کہانی ہے۔ میں اس فرانسیسی لڑکی کو جانتا ہوں۔ کمال کی عورت ہے۔ تیس برس کی۔ آدھی فرانسیسی آدھی جاوانی۔''

سب پوری طرح متوجہ ہو گئے۔

ڈاکٹر اور نرسوں نے پوری دلچسپی سے کہانی سنی۔ ایک ڈاکٹر نے کہا،''لیفٹیننٹ، اسے تحریری شکل میں ہونی چاہیے۔''

''نہیں نہیں۔'' اس نے انگلی ہلاتے ہوئے کہا،''میں نے دیکھا ہے کہ یہ کہانیاں دن کی روشنی میں اتنی اچھی نہیں لگتی ہیں۔ یہ تو شراب ہے، رات ہے اور وہ چاندنی ہے جن کی وجہ سے جادو چڑھ جاتا ہے۔''

''ہاں، سمجھتا ہوں کہ یہ جزیرے ناقابلِ یقین واقعات سے بھرے پڑے ہیں۔ ایک ڈاکٹر نے اظہارِ خیال کیا۔''ہم اجنبی ان کے بارے میں بہت کم سنتے ہیں۔''

''دلچسپ بات ہے۔'' آدمز نے کہا،''کیونکہ اگر میں نے صحیح سمجھا ہے، اس کہانی کا فرانسیسی آپ کے جزیرے میں رہتا ہے۔ مجھے بتایا گیا ہے کہ زبردست کردار ہے۔ کچھ برس پہلے جب لوگ پی ٹین کے طرف دار بننا چاہتے تھے اس نے تو قیامت کھڑی کر دی تھی۔''

قبل اس کے کہ کوئی اسے روکتا ٹوکتا آدمز نے کہہ ہی دیا۔ فرانسیسی کی بدنام بیٹی ڈی بیکو کی بیٹی تھی۔ اس کی ماں جاوانی تھی۔ اس شخص کی تین دوسری بیٹیاں لوآن پوری میں رہتی تھیں۔ وہ آدھی جاوانی تھیں لیکن ان کی ماں مختلف تھی اور رونیکوور کے آس پاس ایک چھوٹے جزیرے میں اس کی چار دوسری بیٹیاں تھیں جو اپنی بہنوں سے زیادہ خوب صورت تھیں۔ ان لڑکیوں کی مائیں یولی نیشائی اور ٹونکینی تھیں۔

''اس نے کبھی شادی نہیں کی۔'' آدمز نے آخر میں کہا۔''عورتیں اس کے پیچھے پاگل تھیں اور اس نے ان کے ساتھ اچھا سلوک کیا۔''

نیلی فوربش سیدھی بیٹھی اسے تکتی اور مسکراتی رہی۔ بعد میں اس نے یقین کرنے سے انکار کر دیا جو ڈاکٹروں نے اس سے کانا پھوسی کی، ''خدایا۔'' اس نے کہا۔

نیلی ڈاکٹروں اور دوسری نرسوں کی طرف دیکھ کر مسکرائی۔ اس نے ڈینا کا ہاتھ پکڑتے ہوئے خود کو معاف کیا۔ دو نرسیں لمبی راہداری سے اپنے کوارٹروں میں چلی گئیں۔

حیرت کی بات تھی لیکن نیلی کو رونے کی کوئی وجہ نظر نہیں آئی۔ ڈی بیکو جزیروں کا آدمی تھا۔ وہ وہاں چھبیس سال سے رہ رہا تھا۔ وہ طاقتور مرد تھا اور عورتوں کی بہتات تھی۔ اس کے ذریعے انھوں نے خوب صورت لڑکیوں کی پرورش کا امکان دیکھا، آدھی گوری اور شوق سے انھوں نے یہ موقع حاصل کیا۔ آدمز کی کہانی سے تو یہی معلوم ہوا کہ ڈی بیکو کی لڑکیاں نفیس اور خوب صورت تھیں۔ لانچی، سب سے بڑی، بظاہر جنگلی لیکن اسمارٹ اور دلکش۔

''میں کسی چیز کے لیے ذہن تیار نہیں کروں گی۔'' نیلی نے ڈینا سے کہا جب دونوں اکیلی ہوئیں۔

''جو گزر گیا سو گزر گیا نیلی۔'' ڈینا نے عقل دوڑائی، ''میں نے ایک ہفتہ پہلے سے بھی کم عرصے میں تمھیں کہا تھا کہ میں ڈی بیکو کی طرف سے فکر مند نہیں ہوں۔ اب بھی نہیں ہوں۔ یہاں کی زندگی ناہموار ہے۔ اس نے گزار لی ہے اور خود کو ہر ایک کی نظر میں باوقار بنائے رکھا ہے۔ یہ کام صرف جنگجو کرتے ہیں نیلی۔''

''میں اپنے ذہن کو تیار کرنے جا رہی ہوں۔'' نیلی نے دہرایا، ''ماں کا عجیب خیال تھا اس بارے میں۔ ایک مرتبہ انھیں ایک ہیٹ کی چاہت تھی، انھوں نے اسے خریدنے کے لیے کافی رقم جمع کر لی۔ وہ ساری رقم ہاتھ میں لیے لعل راک گئیں۔ 'میں ذہن کو تیار نہیں کروں گی۔' اپنے آپ بولتی چلی گئیں۔ بالآخر جب وہ ڈپارٹمنٹ اسٹور کے سامنے کھڑی ہوئیں تو بالکل وہی ہیٹ نظر آیا جسے وہ خریدنا چاہتی تھیں۔ انھوں نے اسے دیکھا اور چلانے لگیں کیونکہ ساتھ والی کھڑکی میں اسٹور والوں نے نئی بے بی گاڑی رکھی ہوئی تھی۔ انھوں نے بے بی گاڑی خرید لی جو میرے لیے تھی۔ ماں نے

ہمیشہ کہا پہلے سے مت سوچو۔ بروقت فیصلہ کرڈالو۔''

دونوں رات گئے تک باتیں کرتی رہیں۔ دوسری نرسیں کہانی کو پکڑ کر بات سے بات نکالنے لگیں۔ رات انھوں نے نیلی پر ترس کھاتے ہوئے گزاردی اور جب ناشتے پر انھوں نے نیلی کو تازہ دم اور ہشاش بشاش دیکھا تو انھیں مایوسی ہوئی۔

دو دن گزر گئے۔ آخرکار ڈی بیکو نے اسے ہسپتال ٹیلی فون کر کے اسے بلوالیا۔ ہمت کر کے وہ ہال میں لڑکیوں کو دیکھ کر مسکرائی اور پھر اس سے ملنے نیچے چلی گئی۔ اس نے وسوسوں کے ساتھ اسے دیکھا اور یہ بھی دیکھا کہ وہ بجھا بجھا سا ہے۔ تناؤ بھری خاموشی میں دو محبت کرنے والے مرجانی سڑک پر ڈرائیو کرتے، پہاڑی پر چڑھتے شجرزار پہنچ گئے۔ کار گیٹ کے ساتھ پارک کی اور ناریل کے پیڑوں کے درمیان چہل قدمی کرتے ہوئے آگے بڑھے۔ ڈی بیکو خاموش تھا جیسے کوئی فکر لگی ہو۔ نیلی کا دل زور سے دھڑک رہا تھا۔ جب دونوں ناریل کے آخری سرے اور کوکو کے آغاز پر پہنچے تب ڈی بیکو ہیجانی کیفیت میں رک گیا اور اپنی ہونے والی دلہن کا بوسہ لے لیا۔

''تم میری امید ہو۔'' اس نے آہستہ سے کہا۔

نیلی نے اپنا ہاتھ پورے شعور کے ساتھ اس کے ہاتھ میں دے دیا اور پویلین کی طرف ٹہلتی ہوئی گئی۔ اس نے محسوس کیا کہ وہ کانپ رہا ہے اور سوچا تو وہ خود کانپ رہی تھی۔ دونوں ایک لمحے کو کالی اُجلی چڑیوں کی غوطہ کھاتی ہوئی پرواز دیکھنے کو رکے، پھر اوپر چڑھ کر پویلین میں چلے گئے۔

''آلو نیلی۔'' چار نوخیز آوازوں نے پکارا۔

نیلی نے حسرت سے چار چھوٹی لڑکیوں کو دیکھا جو ٹیک لکڑی کی بنی کرسیوں کے پیچھے کھڑی تھیں، ''آلو نیلی''، انھوں نے پھر پکارا پھر وہ آگے بڑھیں۔ دھاری دار فراک اور گندھی ہوئی چوٹی کے ساتھ۔

دو ٹوکنینی تھیں، میرا مطلب ہے نصف ٹوکنینی۔ خوب صورت جیسی صرف یوریشیائی لڑکیاں ہوسکتی ہیں۔ سات اور نو برس کی۔ ان کی بادامی آنکھیں سیاہ تھیں۔ پیشانی صاف اور اونچی۔

دانت نہایت سفید اور روپ سنہرا۔

دوسری دو لڑکیاں نصف پولی نیسی تھیں۔ عجب اور متکبر نسل کی بیٹیاں۔ چہرہ گول اور بہنوں کے مقابلے میں سانولی۔ آنکھیں کالی جیسے رات میں تالاب۔ بال ایسے ہی لمبے اور گندھی ہوئی چوٹیاں۔ ان کی عمریں دس اور گیارہ۔

کورنش بجالانے کے بعد ایک مرتبہ پھر لڑکیوں نے کہا،'' آلو نیلی!''

'' یہ میری بیٹیاں ہیں۔'' ڈی بیکو نے فخریہ انداز میں کہا،'' چار اور ہیں۔ وہ لوآنا پوری میں اپنی بیاہی بہن کے ساتھ رہتی ہیں۔ ان کی تصویریں یہاں ہیں۔'' ایک لفافے سے نکال کر اس نے تصویریں دکھائیں۔

'' میری فیملی!'' ڈی بیکو نے کہا۔ اپنا ہاتھ نیلی کے کندھے پر رکھا،'' مجھے پہلے بتا دینا تھا۔''

ارکنساس کی نیلی فوربش کچھ بول نہ سکی۔ وہ خوش تھی کہ اس کی ماں نے سکھایا تھا کہ پہلے سے ذہن کو تیار مت کر لینا۔ اس کے ساتھ کھڑا ایک مضبوط اور سخت انسان تھا۔ اسی طرح کا کوئی تھا جو اس کے ذہن میں تھا جب اس نے بہت پہلے کہا تھا: 'میں باہر جا کر لوگوں سے ملنا چاہتی ہوں۔' اس نے ڈی بیکو کی سب سے بڑی بیٹی لانچ کی تصویر دیکھی جس میں اسے ایمائل کی تپش اور ارادے کی پختگی نظر آئی۔ ہاں لانچ تو دو آدمی کو قتل کر سکتی تھی۔ وہ تو پوری امریکی فوج سے لڑائی لڑ سکتی تھی۔ لیفٹیننٹ کی کہانی قابلِ یقین تھی۔ نیلی نے سوچا کہ وہ لانچ کو پسند کرے گی۔

لیکن اس کے سامنے دوسرے غیر متنازعہ حقائق تھے۔ جن میں دو...... ایک تو ایمائل ڈی بیکو جاوانی اور ٹونکینی عورتوں سے مطمئن نہیں تھا اور دوسرا یہ کہ وہ پولی نیسی عورت کے ساتھ بھی رہا تھا جو ایک نیگرو تھی۔ نیلی کی نظر میں کوئی بھی زندہ یا مردہ اگر گورا یا زرد نہیں ہے تو وہ نیگرو ہے۔ اس کی جو اٹھان ارکنساس ریاست میں ہوئی تھی تو بچپن میں سکھائی ہوئی باتوں سے کس طرح انکار کر سکتی تھی۔ ایمائل ڈی بیکر حبشیوں کے ساتھ رہا تھا۔ اس کے بچے حبشی تھے۔ اگر اس سے اس نے شادی کی تو یہ اس کی سوتیلی بیٹیاں ہوں گی۔

وہ انتہائی خوشگواری کی جانب پلٹ گئی جسے اس کا چاہنے والا کبھی نہیں سمجھ سکے گا۔ اس نے جب اسے کانپتے ہوئے دیکھا تو لڑکیوں کو جانے کا اشارہ کیا۔ وہ پویلین سے باہر چلی گئیں۔

''نیلی!'' اس نے نیلی کو کرسی پر بٹھاتے ہوئے اور پاس کھڑے ہو کر کہا، ''میرے پاس کوئی عذر نہیں ہے۔ میں یہاں ایک جوان مرد کی صورت میں آیا تھا۔ پورے علاقے میں کوئی گوری عورت نہیں تھی۔ میں جس طرح رہ سکتا تھا، رہا۔ کسی عورت نے نہ تو کبھی مجھ سے نفرت کی اور نہ کوئی نقصان پہنچایا۔ تمھیں یقین کرنا چاہیے نیلی۔ میں ان عورتوں سے پیار کرتا تھا اور ان پر مہربان تھا لیکن میں نے کبھی شادی نہیں کی کیونکہ میں جانتا تھا کہ کسی دن تم اس جزیرے میں آؤ گی۔''

وہ اس کے سامنے بڑے وقار کے ساتھ کھڑا رہا۔ سامنے لڑکیاں کوکو کے پیڑوں کے درمیان دوڑ بھاگ کر رہی تھیں۔ ان کے چلانے کی آوازیں پویلین تک آ رہی تھیں۔ نیلی نے انھیں دیکھا۔ سب کی سب کالی تھیں۔ اس نے سوچا۔ اس نے مشکل سے تھوک کو حلق سے اتارا۔ دل کی دھڑکن اب بھی تیز تھی۔

''ان کی مائیں کہاں ہیں؟'' اس نے پوچھا۔

ڈی بیکو نے ہاتھوں کو بھینچتے ہوئے باہر کی طرف دیکھ کر کہا، ''جاوانی تو واپس جاوا چلی گئیں۔ ٹونکینی کے بارے میں نہیں جانا کہ کہاں ہے۔ وہ اچھی تھی بھی نہیں۔ پولی عیسی فوت ہوگئی۔''

نیلی کو شرمندگی محسوس ہوئی لیکن خوشی کی لہر اس کے جسم میں دوڑ گئی جب اس نے سنا کہ حبشن مرگئی۔ ہے۔

''پتہ نہیں میں کیا کہوں ایمائل۔'' نیلی بدبدائی، ''تم سمجھتے نہیں ہو۔''

''جانتا ہوں کہ یہ ایک حیرت میں ڈالنے والی بات ہے نیلی اور اکھڑ بھی۔ میں جانتا ہوں۔''

''نہیں۔'' نیلی پیر پٹختی ہوئی چلائی، ''یہ وہ نہیں ہے۔ یہ کچھ ایسا ہے جسے تم نہیں جانتے۔''

ڈی بیکو ہٹ کر کھڑا ہو گیا۔ وہ آنسوؤں سے شکست کھا گیا تھا۔ نیلی نے ایسا یوں سوچا کہ

وہ سمجھنے کی صلاحیت نہیں رکھتا ہے۔ کہنا مشکل ہے۔ اس نے امریکہ کا مطالعہ کیا تھا۔ وہ اس کے قومی مزاج کے بارے میں تھوڑا بہت جانتا تھا۔ پھر بھی نیلی درست تھی قیاس کرنے میں کہ کوئی فرانسیسی نہیں سمجھ سکتا ہے ارکنساس کی لڑکی کو۔ وہ جو کالی عورت کے ساتھ کھلے دل سے رو چکا ہے۔

''میں نہیں کر سکتی۔'' وہ اس سے آگے کچھ نہیں کہہ سکی۔ چہرے کو ہاتھوں میں دفن کر لیا اور پھوٹ پھوٹ کر رونے لگی۔

''پلیز مجھے گھر لے چلیں۔'' اس نے کہا۔

پہاڑی کے دامن میں ٹونکینی باورچی نے نیلی کی واپسی پر حیرت کا اظہار کیا۔ اس نے دونوں ہاتھ اوپر کر کے کہا، ''ڈنر تیار، بہت اچھا۔ مزیدار۔''

اس کی اپیل پر نیلی ڈنر کے لیے تیار ہوگئی اور یہ کہ وہ ڈنر کے فوراً بعد چلی جائے گی۔ ایک علاحدہ میز پر چاروں چھوٹی لڑکیاں موجود تھیں۔ بلاشبہ یہ باورچی کی چہیتی تھیں۔ وہ فرانسیسی زبان میں کچھ بدبداتی رہیں۔ انھوں نے ادب آداب کا نہایت اعلیٰ مظاہرہ کیا۔ بستر پر جانے سے پہلے انھوں نے معذرت چاہی۔ نیلی نے اپنے آپ سے سرگوشی کی......'ایسی بچیاں میری ہوئیں تو مجھے خوشی ہوگی۔'

ایمائل خاموشی سے ڈرائیو کرتا رہا۔ گاڑی اس نے آہستہ چلائی۔

'دنیا خوب صورت نہیں ہے۔'' اس نے کہا، ''بعض لوگوں کی سخت محنت نے اسے خوب صورت بنایا ہے۔ یاد رکھنا نیلی۔ یہ جزیرہ تمھارا ہو سکتا ہے۔ تمھارا گھر۔ تم اسے بناؤ گی، سنوارو گی۔''

''تم نہیں سمجھتے۔'' اس نے آہستہ سے کہا۔ گیٹ تک پہنچتے پہنچتے اس نے ذہن تیار کر لیا۔

''کیا بات ہے نیلی؟''

''میں تم سے شادی نہیں کر سکتی۔'' وہ بولی، ''میں کبھی تم سے شادی نہیں کر سکتی۔''

ڈی بیکو نے اسے الوداعی بوسہ دیا۔ محافظ مسکرائے۔ انھیں پتہ تھا کہ جلد ہی اس کی شادی ہونے والی ہے۔'' ہے'' اس نے اپنے ساتھی سے کہا جب نیلی چلی گئی، ''صاحب کی آنکھوں میں آنسو

تھے۔ ہو کیا رہا ہے یہاں؟''

نیلی نے اپنے کمرے میں پہنچ کر کپڑے تبدیل کیے اور بستر پر لیٹ گئی۔ جذباتی اور نروس ہو رہی تھی۔ اس نے ایمائل ڈی بیکو اور کوکو کے جھنڈ میں چھوٹی لڑکیوں کے بارے میں سوچا......'یہ جگہ تمھارے ساتھ کچھ کر کے رہے گی۔' اس نے کراہتے ہوئے کہا،' میں بس اور کچھ نہیں سن سکتی۔'

اور تب اسے پتہ چلا کہ وہ چاہتی کیا ہے۔ ذہن تیار ہو گیا تھا۔ وہ اٹھی اور ایک تپا ہوا خط لکھنے لگی۔ یہ چارلی بینی ڈکٹ کے نام تھا جو اس کے شہر اوٹولوزا میں رہتا تھا۔ اس نے لکھا کہ وہ برسوں سے جس بات کے سننے کا انتظار کر رہا تھا وہ یہ ہے کہ وہ اس سے شادی کرے گی۔ ابھی۔ اسی وقت! وہ تحفظ چاہتی ہے۔ اسے اپنا شہر اوٹولوزا اور اس کی گلیاں مطلوب تھیں۔ بھلے وہ پھر کبھی بقیہ زندگی میں کوئی عجیب جگہ نہیں دیکھ پائے۔

اسی لمحے ڈینا کمرے میں داخل ہوئی،'' ذہن بنا لیا؟''

''ہاں، میں شادی کرنے جا رہی ہوں۔''

''خوب، نیلی، بہت عمدہ فیصلہ کیا ہے!'' ڈینا کے جوش کو دیکھ کر نیلی کسی قدر پریشان ہوئی۔

'لیکن چارلی بینی ڈکٹ سے۔ واپس اپنے یہاں۔'' اس نے اپنا ہونٹ کاٹ لیا اور قلم رکھ دیا۔'' میں ایسے شخص سے شادی نہیں کر سکتی جو ایک کالی عورت کے ساتھ زندگی گزار چکا ہے۔''

''بیشک نہیں۔'' ڈینا نے خشک لہجے میں کہا۔ وہ ارکنساس نہیں رہی تھی اور نہیں سمجھ سکتی تھی۔

''ہیلو، یہ کیا ہے؟'' اس نے نیلی کے ڈیسک سے ارکنساس کے اخبار سے تراشی ہوئی تصویر دیکھی۔

''کیوں نیلی! یہ تم ہو!'' ڈینا نے حیرت سے کہا اور پھر عنوان پڑھا،'' ہماری ہیروئن۔'' اس نے لفظوں کو دہرایا،'' ہماری ہیروئن۔'' پھر اس نے نیلی کی طرف دیکھا جس کی آنکھوں میں آنسو تھے۔ ناک سرخ اور منھ لٹکا ہوا،'' ہماری ہیروئن'' وہ چلائی اور تصویر کو بھیگے ہوئے چہرے کے سامنے

لہرانے لگی۔

نرس نیلی فوربش نے تراشے میں اپنی ایک جھلک دیکھی۔ اسے وہ سہ پہر یاد آ گئی تھی جب تصویر اوٹولوزا میں پہنچی تھی، ''میں دنیا دیکھنا چاہتی ہوں چارلی۔ میں لوگوں کے ساتھ رہنا چاہتی ہوں۔''

وہ ڈینا کو دیکھ کر ہنسنے لگی۔ پھر وہ اپنے آپ پر ہنسی۔ دونوں نرسوں نے ایک دوسرے کے بازو پکڑے اور ناچنے لگیں۔

''ہماری چھوٹی سی ہیروئن!'' ڈینا نے بار بار دہرایا، یہاں تک کہ ہنستے ہنستے دوہری ہو گئی۔ تب وہ نیلی کی کرسی پر بیٹھ گئی۔ بیٹھتے ہوئے اس نے چارلی کے نام لکھے ہوئے خط کو فرش پر پھینک دیا۔ نیلی نے تیزی سے ایک لپیٹ میں اسے اٹھالیا اور مسل کر گولی بنا ڈالا۔

''خدا حافظ چارلی۔'' وہ چلائی اور گولی کو ایک کونے میں پھینک دیا۔

''نیلی۔'' ڈینا زور سے بولی، ''یہ تمھیں کہاں سے ملی؟''

''کیا؟'' نیلی نے نصف ہسٹیریائی انداز میں کہا۔

''یہ تصویر۔ تمھارے جیکٹ کے پاس فرش پر پڑی تھی،'' یہ ڈی بیکو کی چاروں لڑکیوں کی تصویر تھی۔

''اوہ۔'' نیلی نے حیرت سے کہا، ''ایمائل نے رکھ دی ہوگی۔''

''اتنی پیاری لڑکیاں ہیں۔'' ڈینا نے کہا۔

نیلی نے ہنسنا بند کر دیا۔ اس نے ڈینا کے کندھے کی طرف دیکھا۔ وہ پیاری لڑکیاں تھیں: لانچ کو دیکھو۔ ہنس مکھ اور ہمت والی۔ اس کی تینوں بہنیں بھی۔ پرسکون، خوش، خود پسند۔ ایسی جیسے انھیں کسی چیز کا خوف نہ ہو۔ بالکل اپنے باپ کی طرح۔

''یہ ڈی بیکو کی طرح ہیں۔'' نیلی نے آہستہ سے کہا۔

''کیا کہا تم نے؟'' ڈینا نے پوچھا۔

''دیکھا ڈینا، انھیں دیکھو، کیسی چلبلی لگ رہی ہیں!''

''تم ان کے ساتھ رہ کر کبھی بور نہیں ہوگی۔'' ڈینا نے کہا۔

''اور چار چھوٹی لڑکیاں، ڈینا، بڑی پیاری ہیں اور اتنی مہذب۔ اوہ لعنت ہو سب پر!''

نرس نیلی فوربش آگے پیچھے ٹہلنے لگی۔ اس نے چارلی کو لکھا ہوا خط کونے میں پڑا دیکھا۔

''لعنت ہو سب پر۔'' وہ خط کو ٹھوکر مارتی ہوئی چلائی۔

''نہایت معقول رویہ۔'' ڈینا نے ہنستے ہوئے کہا، ''ایک چھوٹی سی ہیروئن کا۔''

''کیا فائدہ بلف کرنے کا ڈینا؟'' نیلی نے اعتراف کیا، ''اب میں نے ذہن تیار کر لیا ہے۔ میں اسی سے شادی کرنا چاہتی ہوں۔ بہت زیادہ۔'' وہ رونے لگی اور سر کو ڈینا کے کندھے پر ڈال دیا۔

ڈینا نے روتے ہوئے تسلی دی، ''میرا خیال ہے اب تمھارے ذہن نے صحیح فیصلہ کیا ہے۔'' ڈینا نے سرگوشی کی۔

''جلدی۔'' نیلی چلائی، ''دیکھا، جیپ ہے؟ ہمیں ابھی فوراً جانا ہوگا۔ آج ہی رات اسے بتانا ہوگا۔'' وہ کمرے میں جلدی جلدی کپڑے اکٹھا کرنے لگی، ''اوہ ڈینا'' زور سے ہنستے ہوئے بولی، ''سوچا، کیسا رہے گا؟ ایک بڑی فیملی ایک بڑے گھر میں۔ آٹھ لڑکیاں اور وہ بھی پیاری پیاری۔ مجھے پروا نہیں کون کس کے ساتھ رہا ہے۔ مجھے مرد مل گیا ہے۔ میرا ذہن تیار ہو گیا ہے۔ ماں نے ٹھیک کہا تھا۔ آخری منٹ تک انتظار کرو۔''

خوشی خوشی اس نے خود کو تیار کیا اور ڈینا کے ساتھ تیزی سے سیڑھیاں اتر گئی۔ جیپ پر سوار ہونے کے بعد ڈینا نے ڈرائیور سے جلدی چلنے کو کہا۔

''پچیس سے آگے نہیں لے جا سکتا۔''

''لیکن یہ ایمرجنسی ہے!'' ڈینا نے احتجاج کیا۔

''ایمرجنسی تو رہتی ہی ہے۔ یہ جزیرہ بڑا خوفناک ہے۔''

''لیکن یہ صحیح کی ایمرجنسی ہے۔'' ڈینا نے اصرار کیا۔

''اوہ! اچھا تو ایسا کیوں نہیں کہا۔'' ڈرائیور نے تعاون کے جذبے سے کہا، ''صحیح کی ایمرجنسی میں، میں ہمیشہ چھبیس پر رکھتا ہوں۔''

شجرزار پہنچ کر نیلی نے ڈینا کو راستہ بتایا اور ڈرائیور سے رکنے کو کہا۔ باغ سے تیز تیز قدم چلتے ہوئے برآمدے تک گئی۔ یہ خالی تھا، ڈائننگ روم بھی خالی تھا۔ اتب انھوں نے ایک بیڈ روم سے آوازیں آتی ہوئی سنیں۔

وہ آواز کے رخ پر دروازے تک پہنچی۔ یہ لڑکیوں کا بیڈ روم تھا، اس نے دروازہ کھولا۔ چاروں لڑکیاں شب خوابی کے لباس میں ایک بستر کے ساتھ کھڑی تھیں جس پر ڈی بیکو بیٹھا ہوا تھا۔ وہ سب بچوں کی آواز میں گانا گا رہے تھے۔ ایمائل اٹھ کھڑا ہوا۔ نیلی کو دیکھ کر مسکرایا اور بیٹیوں کے ساتھ گنگنانے لگا۔ نیلی بھی کورس میں شریک ہو گئی اور سب ایک پرانا گانا اتنے زور زور سے گانے لگیں کہ ڈینا اور ڈرائیور بھی جیپ میں بیٹھے گانے لگے۔

(Our Heroine by James A. Michener)

سعودی افسانہ

تیسری کہانی

[سعودی ناول نگار عبدالرحمن ۱۹۳۳ء میں پیدا ہوئے۔ یوگوسلاویہ اور فرانس میں تعلیم پائی اور پٹرولیم معیشت میں ڈاکٹریٹ کی ڈگری حاصل کی۔ پندرہ ناول تصنیف کیے۔ ۲۰۰۴ء میں وفات پائی۔
عبدالرحمن کے ناول ''النہایہ'' کا انگریزی ترجمہ راجر ایلن نے Endings کے نام سے کیا جو پہلی مرتبہ ۱۹۸۸ء میں شائع ہوا۔
اس ناول کے آخر میں چودہ کہانیاں شامل ہیں جن میں ایک 'تیسری کہانی' ہے۔ کہانی کا عنوان یہی ہے۔]

آغا کے باغ کے قریب کی آبادی نے پہلے کبھی نہ تو ایسا منظر دیکھا تھا، نہ سنا تھا۔ سارا قصہ ہی حیرت انگیز تھا۔ باغ کی کتیا دن میں دو مرتبہ عجیب طرح کی لڑائی لڑنے لگتی۔ ایک تو صبح ہی صبح اور دوسری غروبِ آفتاب کے وقت۔ پہلے تو جن لوگوں نے یہ منظر خود نہیں دیکھا تھا، صرف سنا تھا، یقین کرنے کو تیار نہیں ہوئے۔ ان کی نظر میں یہ کوئی وقتی جھگڑا تھا، کوئی غیر فطری عمل جو دُہرایا نہیں جاسکتا لیکن جب انھوں نے خود دیکھ لیا تو دوسروں کی طرح وہ بھی دلچسپی سے دیکھنے میں مصروف ہو گئے۔ انھیں جب معلوم ہو گیا کہ کب اور کس طرح یہ جھگڑا شروع اور ختم ہوتا ہے تو صرف شوق میں نہیں

بڑھتا گیا، متضاد تبصرے بھی ہونے لگے۔ زیادہ تر لوگوں کا خیال تھا کہ کتیا اور دو کوؤں کا جھگڑا اتنا پرانا ہے جتنے کہ پہاڑ ہیں اور یہ فطری عمل ہے۔ کچھ لوگوں کی رائے تھی کہ یہ محض کوؤں کی شرارت ہے کہ وہ بوریت دور کرنے کے لیے کھیل کے طور پر ایسا کرتے ہیں۔

عینی شاہدین نے بتایا کہ دونوں کوّے ایک درخت سے دوسرے درخت تک بے ڈھنگے طریقے سے اُڑ رہے تھے کہ کتیا نے اچانک ان پر بھونکنا شروع کر دیا اور پھر لڑائی شروع ہو گئی۔ ایک کوّا سامنے سے اڑتا ہوا حملہ کرتا، کتیا اچھلتی۔ اتنے میں دوسرا کوّا پیچھے سے حملہ کر کے کتیا کی گردن پر چونچ مارتا۔ وہ جب مڑتی تو پہلا کوّا سامنے آ جاتا اور اس کے سر پر یا پیٹھ پر چونچ مارتا۔

دیکھنے والے سمجھتے رہے کہ یہ لڑائی خوں ریز ہوگی اور ایک دوسرے کو مار ڈالنے پر ختم ہوگی۔ کچھ لوگوں کا خیال تھا کہ کتیا کسی ایک کوّے کی گردن پکڑ کر اس کے ٹکڑے کر دے گی اور تب سارا جھگڑا ختم ہو جائے گا۔ تاہم یہ کھیل جاری رہا اور دیر تک کھیلا جانے لگا اور مہارت کا عنصر شامل ہوتا گیا جو کبھی کسی کے تصور میں نہیں تھا۔ وجہ یہ تھی کہ دونوں کوّے کتیا سے محفوظ فاصلے پر رہتے اور اتنی ہنر مندی سے کہ کتیا بھونکتی اور ایک ہی جگہ چکر لگانے لگتی۔ کوّے حملہ کرتے رہے لیکن جلدی میں نہیں تھے۔ وہ کتیا کے دونوں طرف کے درختوں کی شاخ پر بیٹھ کر مناسب وقت کا انتظار کرتے۔ کتیا گھومتی رہتی اور پاگل کی طرح گھومنے لگتی اور جب تھک جاتی اور خاص انداز میں بیٹھ جاتی تو یہ کھیل پھر سے شروع ہو جاتا۔

اس طرح سارا قصہ شروع ہوا۔ پھر اچانک ہی لڑائی ختم ہو جاتی۔ دیکھنے والے مایوس ہوتے لیکن دوسرا دور تقریباً وقت پر شروع ہو جاتا۔ ایک تو صبح اور دوسرا غروب آفتاب کے وقت۔ اور جیسا کہ ہر کھیل میں ہوتا ہے کہ تماشائی دو گروپ میں بٹ جاتے ہیں۔ ایک گروپ کوّوں کی حمایت میں تو دوسرا کتیا کی حمایت میں۔ دونوں چاہتے کہ اس کا فریق جیت جائے اور یہ لڑائی انجام کو پہنچے۔ انھوں نے کتیا کا نام بھی رکھ دیا۔ مرجانہ۔ کوّوں کا الگ الگ نام رکھنا اس لیے مشکل تھا کہ دونوں ہو بہو ایک جیسے تھے اس لیے انھوں نے انھیں ''چھاپہ مار'' کا نام دیا۔

آغا کے باغ کے اطراف میں لوگوں کی زندگی اس طور تھی کہ کم ہی لوگوں کو صبح کی لڑائی دیکھنے کا موقع ملتا تھا۔تاہم سہ پہر میں بھیڑ لگ جاتی۔ ہر کوئی لڑائی دیکھنے کے لیے بیتاب رہتا اور یہی چاہتا کہ دیکھیں لڑائی کس طرح ختم ہوتی ہے۔ شام ہوتے ہوتے بچے بھی آ جاتے اور شرطیں لگاتے۔ مائیں بھی بچوں کے ساتھ چائے کے برتن لیے آ جاتیں۔ مرد سب سے آخر میں آتے۔ ہر سہ پہر میں سورج غروب ہونے سے پہلے لڑائی شروع ہو جاتی۔ تالیاں بجتیں اور واہ واہ ہوتی۔ کوئی تو ''چھاپہ مار'' کا نعرہ بھی لگا دیتا۔ بچے بھی نعرے کا جواب چلا چلا کر دیتے۔ جونہی کوے حملہ کرتے ''مرجانہ'' کی پکار بلند ہوتی۔ کتیا کو خطرے کی کسی پیشگی اطلاع کی ضرورت نہیں تھی۔ وہ تیار کھڑی ہوتی اور بعض اوقات تو وہ بہانہ بناتی کہ وہ نہ تو سن رہی ہے نہ دیکھ رہی ہے لیکن جونہی اسے ایک کوے کے پروں کی آواز زمین کی طرف آتی ہوئی محسوس ہوتی وہ جست لگاتی اور کوا واپس پلٹ جاتا، تماشا جب شروع ہوتا بچے شور مچاتے۔ بڑے انتظار میں ہوتے اور عورتیں خوفزدہ ہوتیں۔ ہر کوئی منتظر تھا کہ کچھ ہو کر رہے گا۔ ہر شام یہی امید ہوتی کہ آج کھیل انجام کو پہنچ جائے گا لیکن اختتام ایسی ہنرمندی سے ہوتا جیسے شو بزنس میں ہوتا ہے۔ دونوں فریق ایسا ظاہر کرتے کہ وہ ہار چکے ہیں لیکن جلد ہی وہ پھر شروع کریں گے۔

موسمِ بہار کے آغاز میں یہ کھیل جاری رہا اور سب نے خوب لطف اٹھایا۔ یہ سچ ہے کہ وقت گزرنے کے ساتھ ساتھ مردوں کی دلچسپی کم ہوتی گئی لیکن بچوں نے ایک دن بھی ناغہ نہیں کیا۔

پھر ایک دن ایسا ہوا کہ سارا کھیل ختم۔ کتیا غائب ہو گئی۔ کوے بھی نظر نہ آئے۔ کچھ بزرگوں نے بتایا کہ جب گرمی کا موسم شروع ہوتا ہے کوے مرطوب جگہ چلے جاتے ہیں۔ یہ دونوں کوے بھی ایسی ہی جگہ چلے گئے ہوں گے۔ دوسروں نے اظہار خیال کیا کہ انسانوں کو کبھی معلوم نہیں ہوتا کہ جانوروں کا کیا رویہ ہوگا۔ ان کا آنا اور جانا اور کھیلنے کی عادتیں سب مکمل طور پر راز ہیں۔ کچھ نے وضاحت کی کہ کتیا تھک گئی ہوگی۔ کوؤں نے اسے زخمی کر دیا ہوگا اور ان کی مسلسل کائیں کائیں سے اس کے اعصاب جواب دے چکے ہوں گے۔ بچے بھی دوسرے باغ باغیچوں کی طرف جانے

ایسے بھی افسانے III

لگے۔آخر ایسا کھیل تو کبھی انجام کو نہیں پہنچ سکتا۔

یہی کچھ لوگوں کا بھی کہنا تھا۔ مرجانہ کی تصویر لوگوں کے ذہنوں سے محو ہونے لگی۔ کسی کوّے کو دیکھ لیتے تو یقین سے کہتے کہ یہ آغا کے باغ والا وہ کوّا نہیں ہے۔

بہر کیف۔ گرمیاں شروع ہونے پر کچھ بچوں نے مرجانہ کو دیکھ لیا۔ یہ خوش خبری ہر طرف پھیل گئی اور لوگ اتنے خوش ہوئے کہ جیسے پھر وہ کھیل شروع ہو جائے گا۔ وہ گردنیں اٹھا اٹھا کر درخت کی پھننگیوں اور مکان کی چھتوں کی طرف دیکھنے لگے کہ شاید کوّے بھی نظر آ جائیں لیکن کسی نے مرجانہ کے بڑھتے ہوئے پیٹ کی طرف دھیان نہیں دیا۔ چند دنوں بعد بچوں نے ایک عجیب منظر دیکھا۔ مرجانہ کے پیچھے پانچ پلّے۔ بچے حیران کہ یہ پلّے کہاں سے آ گئے؟ بات جب بڑوں تک پہنچی تو انھوں نے اثبات میں سر ہلا دیا کہ وہ سب کچھ جانتے ہیں۔

کچھ دنوں بعد کوّے واپس آ گئے۔ بچوں کی خوشی کا کیا کہنا۔ بڑے البتہ سنجیدگی سے موت اور حیات کے بارے میں، درختوں اور پرندوں کے بارے میں سوچنے لگے۔ وہ کسی لمحے بھی مرجانہ کو دیکھنے کے منتظر تھے۔ مرجانہ جواب زیادہ پر اعتماد تھی، پلّوں کے ساتھ اسے بڑا فخر تھا اور کسی کو نزدیک آتا دیکھ کر زور زور سے بھونکنے لگتی۔ سر اوپر کیے رہتی تاکہ کوّوں پر نظر رکھے لیکن ان کے ایک درخت سے دوسرے درخت تک اُڑنے اور کائیں کائیں کرنے پر اس نے کوئی توجہ نہیں دی۔ کوّوں کا جہاں تک تعلق تھا انھوں نے فاصلہ برقرار رکھا اور مرجانہ کو، اس کے پلّوں کو اور لوگوں کو دیکھتے رہے جو سارا تماشا دیکھ رہے تھے اور بس اتنا ہی۔ اس سے زیادہ کچھ نہیں۔

انتظار سخت سے سخت ہوتا جا رہا تھا۔ جنھوں نے اب تک ان کی لڑائی نہیں دیکھی تھی وہ صبح سویرے آغا کے باغ سے گزرنے لگے۔ انتظار کرنے لگتے کہ شاید لڑائی شروع ہو جائے۔ بہانہ بناتے کہ وہ تو مرجانہ اور اس کے پلّوں کو دیکھنے کے لیے رک گئے ہیں۔ بعض اوقات تو پلّوں پر شرطیں لگاتے کہ کتنے نر ہیں اور کتنی مادہ ہیں۔ اور کتنے تگڑے اور کتنے کمزور۔ وہ تو یہاں تک سوچنے لگے کہ دوبارہ جب لڑائی شروع ہوگی تو کتوں کی پلاٹون سے کوّے کیا مقابلہ کر سکیں گے۔

اور پھر بغیر کسی پیشگی اطلاع کے آغا کے باغ میں سکون کی فضا لوٹ آئی۔ اسی طرح کی جیسی مرجانہ اور کوؤں کے غائب ہونے کے بعد قائم ہوگئی تھی۔ بڑے بوڑھوں، مردوں اور عورتوں کے جذبات سب سے پہلے سرد ہوئے۔ صرف نوجوان رہ گئے۔

جون کا ایک دن، آغاز تو خوشگوار ہوا لیکن گرم ہوتا چلا گیا۔ سات گولیاں چلنے کی آوازیں آئیں۔ جوانوں نے بتایا کہ دو پولیس والوں نے کتے مار دیے۔ پہلے مرجانہ کو مارا۔ ایک اور گولی اسکو ماری، پھر پانچوں پلّوں کو مار دیا۔ دوسرے دن کچرا گاڑی چھ کتوں کی لاشوں کو لینے آگئی۔ کوّے گاڑی کے اوپر منڈلاتے رہے اور کٹیلی آواز میں چیختے رہے۔ لوگوں کا کہنا ہے کہ گاڑی کھینچنے والا گدھا ایسا گھبرایا کہ گاڑی الٹ گئی۔ انھوں نے یہ بھی بتایا کہ دونوں کوّے تمام راستہ چیختے ہوئے گاڑی کے اوپر اڑتے چلے گئے۔ اور پھر ان کوؤں کو آغا کے باغ میں کسی نے نہیں دیکھا۔

☆☆☆

قیصر سلیم یوں تو سنہ پچاس کی دہائی سے لکھنے کی طرف مائل ہیں لیکن سنہ ۸۰ کی دہائی سے ان کے لکھنے لکھانے اور چھپنے چھپانے کی رفتار میں بہت تیزی آئی۔ اس کی ایک بڑی وجہ یہ ہے کہ تب وہ اپنی پیشہ ورانہ پابندیوں سے آزاد ہو چکے تھے اور بتدریج اپنی گھریلو ذمہ داریوں سے بھی عہدہ برآ ہوتے جا رہے تھے۔

تحریری میدان میں ان کی معرکہ آرائیوں کی کہانی بہت طویل ہے۔ ان کے افسانوں کے دو مجموعے، نو عدد ناول، بچوں کے لیے دو ناول، طنزیہ تحریر پر مشتمل کتاب، اخباروں کے لیے لکھے گئے کالموں پر مشتمل کتاب، پڑھی گئی کتابوں سے منتخب اقتباسات پر مشتمل کتاب اور فکری مضامین اور ترجمے پر مشتمل نو کتابیں۔ اس طرح ان کی کتابوں کی تعداد غالباً پچیس سے زیادہ ہے اور ان کی کئی کتابوں کے ایک سے زیادہ ایڈیشن بھی شائع ہو چکے ہیں۔

قیصر سلیم کی ایک اہم جہت ترجمہ نگاری ہے۔ زبان و ادب کے لیے ترجمے کی اہمیت سے ہم سب اچھی طرح واقف ہیں۔ قیصر سلیم نے ترجمے کے کام کو بھی ایک مشن کے طور پر اپنایا ہے۔ ترجمے کے لیے جن تخلیقات کو وہ منتخب کرتے ہیں ان میں بھی وہی فکر کارفرما نظر آتی ہے جو وہ اپنی طبع زاد تحریروں کے لیے روا رکھتے ہیں۔ یعنی ایسی تحریریں جو کچھ پیغام دیتی ہوں۔ ان کا ہماری سماجیات پر انطباق ہوتا ہو اور جو پوری سہولت کے ساتھ قاری کو منتقل ہو سکیں۔

یہ کتاب قیصر سلیم کے مترجمہ افسانوں اور چند طبعزاد افسانوں پر مشتمل ہے۔ دیکھیے کہ وہ ان سے کیا پیغام دینا چاہتے ہیں۔